CARNE CRUA

CARNE CRUA
CONTOS

RUBEM FONSECA

EDITORA
NOVA
FRONTEIRA

Copyright © 2018 by Rubem Fonseca

Direitos de edição da obra em língua portuguesa no Brasil adquiridos pela EDITORA NOVA FRONTEIRA PARTICIPAÇÕES S.A. Todos os direitos reservados. Nenhuma parte desta obra pode ser apropriada e estocada em sistema de banco de dados ou processo similar, em qualquer forma ou meio, seja eletrônico, de fotocópia, gravação etc., sem a permissão do detentor do copirraite.

EDITORA NOVA FRONTEIRA PARTICIPAÇÕES S.A.
Rua Candelária, 60 — 7º andar — Centro — 20091-020
Rio de Janeiro — RJ — Brasil
Tel.: (21) 3882-8200 — Fax: (21) 3882-8212/8313

CIP-BRASIL. CATALOGAÇÃO NA FONTE
SINDICATO NACIONAL DOS EDITORES DE LIVROS, RJ.

F747c

    Fonseca, Rubem, 1925-
        Carne crua / Rubem Fonseca. - 1. ed. - Rio de Janeiro : Nova Fronteira, 2018.
    144 p.

    ISBN 978-85-209-4336-6

    1. Contos brasileiros. I. Título

18-52565   CDD: 869.3
                                                                                        CDU: 82-34(81)

SUMÁRIO

7 | A praça
11 | Amor e outros prolegômenos
17 | Aparecida
19 | Boceta
23 | Boceta — parte II
27 | Cafetões
31 | Carne crua
35 | Cornos
39 | Desculpas esfarrapadas
43 | Diarreia
49 | Falsificado
51 | Feitiço brasileiro
57 | Gosto de ver o mar
61 | Grande amor
65 | Homens e mulheres
69 | Igreja Nossa Senhora da Penha
73 | Nada de novo
99 | Noel
105 | O mundo vai mal

109 | O ser é breve

111 | Oropa

115 | Os originais e as imitações

121 | Os pobres, os ricos, os pretos e a barriga

125 | Papai Noel

129 | Penso e falo

133 | Tecido

139 | O autor

A PRAÇA

Moro sozinho, num apartamento de sala e dois quartos, perto da praça. É uma dessas praças com árvores, cujos nomes não sei, mesas de cimento com quatro bancos, também de cimento, onde toda tarde uns velhotes gordos jogam cartas. Eu só vejo gente gorda andando na rua, homens e mulheres de todas as idades. Li que a obesidade é um fenômeno mundial, ligado à alimentação errada, na maioria das vezes, conquanto existam alguns casos de origem genética.

Fico sentado no banco da praça alguns minutos, todos os dias, pela manhã, para receber um pouco de sol na pele. Li, na internet — hoje ninguém vive sem a internet, mas essa é outra história —, que todas as formas de vida do planeta necessitam, direta ou indiretamente, dos efeitos da luz solar para viver. No caso dos humanos, além da manutenção da temperatura corporal, a incidência dos raios solares permite processos químicos importantes, como a produção de vitamina D, responsável pela fixação do cálcio em nosso corpo.

Mas tem gente que não gosta de sol, antigamente as mulheres saíam na rua abrigadas por uma sombrinha e os homens usavam chapé-panamá, que na verdade é feito de palha do Equador, mas isso é outra história, fica para depois.

A luz solar é fundamental, ainda, para que as plantas da minha praça possam realizar a fotossíntese, processo através do qual os vegetais transformam gás carbônico em glicose (que é absorvida por eles) e em oxigênio (liberado para a atmosfera).

A glicose produzida nos vegetais irá transmitir energia a toda a cadeia alimentar que vem adiante, nas várias espécies de animais que se alimentarão das plantas, nos animais que se alimentarão desses animais etc. Mas a glicose pode ser um problema, quando ela é alta pode causar diabetes, doença comum nas pessoas obesas. Quando eu ando pela rua, a cada dez pessoas que vejo, homens e mulheres, seis são obesos.

Novamente, nós, seres humanos, acabamos sendo beneficiados pela luz solar — já que também nos alimentamos dessas plantas e/ou animais e retiramos deles a nossa energia. O calor do sol (que resulta de partes da luz solar invisíveis aos nossos olhos) tem, também, a função de acelerar a quebra das moléculas de proteínas e, em alguns casos, regula diretamente a temperatura corporal de animais como peixes, anfíbios e répteis.

De volta aos seres humanos, a parte visível da luz solar tem a função de regular o nosso ritmo biológico e todas as suas atividades, como a liberação de hormônios durante nossas atividades diárias e durante o sono. É também com a ajuda da luz solar que desenvolvemos a nossa capacidade natural de visão. Sei que mesmo com todos esses benefícios, a ação dos raios solares sobre nossa pele, em excesso, pode causar danos, levando ao desequilíbrio celular e ao surgimento de doenças, como o câncer de pele. Por isso, é importante equilibrar a exposição ao sol tomando cuidados como evitar horários de forte incidência de raios (entre 12h e 15h) e utilizar, sempre que possível, protetor solar.

Perto da praça tem um botequim. Toda tarde eu vou lá, tomar um cafezinho. Odeio café, essa porcaria me faz mal, mas o café é um pretexto para ver Odete. Acho que ela é mulata, mas não parece. Aqui neste país, e também na Colômbia, muitos negros vieram plantar café, os donos das fazendas fornicavam as negras e mulatos e mulatas foram nascendo. Enfim, gente mestiça, mesmo que isso não apareça na cor da pele, existe numa proporção imensa. O que é bom, a mistura de raças é benéfica sob todos os aspectos.

Hoje fui ao botequim. Odete estava lá, de saia preta, blusa preta e avental preto. O botequim, que é muito pequeno, tem apenas dois empregados, Odete e um sujeito magrinho, vestido de preto, que não usa avental. Além deles há o patrão, um português de cabeça branca, um cara legal que me cumprimenta amistosamente quando eu apareço.

Odete veio me atender.

"Um cafezinho, por favor, adoçante separado."

Sou magro, mas tenho horror de ficar gordo. Meu pai era magro e minha mãe que era inda mais magra dizia "a gordura é mortal, não coma porcarias, meu filho". Eles morreram cedo, magrinhos, mas não quero pensar nisso.

Naquele dia, no botequim, enchi-me de coragem, e quando Odete trouxe o café eu disse "meu nome é José".

Ela sorriu. Um sorriso lindo.

"O meu é Odete", ela disse.

"Era o nome da namorada do Fernando Pessoa", eu disse.

"É o meu poeta favorito", disse Odete. "O poeta é um fingidor, finge tão completamente que chega a fingir que é dor a dor que deveras sente."

Meu amor por Odete cresceu tanto que meu coração começou a bater desordenadamente, pensei que ia morrer.

Mas não morri. Agora, Odete e eu tomamos sol juntos na praça e ela está morando na minha casa.

AMOR E OUTROS PROLEGÔMENOS

Um filósofo, de cujo nome não me lembro, disse que a vida se resumia em nascer, comer, defecar e morrer. Ele está parcialmente certo. De fato, a vida começa quando o bebê nasce. Ele depois come, toma o leite do peito da mãe ou de alguma doadora, e defeca — os bebês defecam sem parar, existem fraldas descartáveis, mas quem é pobre tem que limpar o cocô da bunda e da fralda do bebê, lavar, quarar, um trabalho ininterrupto. Mas bebê não morre, não é? Alguns morrem, a maioria no entanto sobrevive, tanto que existe cada vez mais pessoas no mundo, já somos alguns bilhões espalhados pela Terra. Sim, o bebê nasce, come, defeca, e depois quer andar. Primeiro engatinha, mas quer andar, e quando anda gosta de dar pulos, pequenos pulos, gosta de elevar-se do chão por impulso dos pés e das pernas. (Creio que todos os animais são assim, gostam de usar as pernas, os quadrúpedes principalmente.) Querem se movimentar, e muitos — estou falando dos chamados seres humanos — querem viajar pelo mundo, o vasto mundo mencionado pelo poeta que não era Raimundo. O homem (ou a mulher) também quer usar a cabeça, não falo de perucas e cabelos alourados no salão de beleza, falo de usar a cabeça para pensar. *Cogito, ergo sum*, disse outro filosofo, penso logo sou. Pensar faz a pessoa ser. Para o teatrólogo e para todos, essa é a questão: ser ou não ser. A pessoa quer ser, para isso também tem que pensar. Ou seja, quando nasce, além de defecar e comer e andar, o ser humano também pensa. E pensar faz a pessoa ver; ela não vê como as coisas são, mas como gostaria que fossem.

Bem, chega de chafurdar em prolegômenos. Quem não entender o que estou querendo dizer que vá plantar batatas. (Como todos sabem, a expressão "vá plantar batatas" surgiu em Portugal provavelmente na época das navegações, mas o motivo por ter sido e ainda ser usada tem um sentido irônico e não depreciativo da atividade de agricultor. A ironia vem do fato de, em Portugal, não se dizer "plantar batatas", mas sim semear batatas, pois plantar só se usa para a muda das árvores, sendo que os legumes, os grãos, abóboras, melões etc. se semeiam, porque se lança ou enterra a semente na terra. Logo, mandar alguém "plantar batatas" significa "me deixe em paz e vá fazer uma coisa impossível ou sem pé nem cabeça". Estou me lembrando de uma cantiga de criança que diz: "batatinha quando nasce espalha a rama pelo chão, menininha quando dorme põe a mão no coração, o bolso furou e o papai caiu no chão, mamãe que é mais querida ficou no coração.")

Este texto é longo, tem um papel introdutório. Eu quero falar do amor, da mulher por quem estou apaixonado, e fico rodopiando pelas palavras feito um pião, aquele brinquedo cônico, de madeira e com ponta metálica, que, desenrolando-se de um cordel ao ser lançado, gira rapidamente.

Chega de girar. Meu nome é José e o dela é Maria. Somos vizinhos em uma rua de casas grandes com jardim na frente e quintal nos fundos. Estou apaixonado por ela, mas Maria nem me vê. Eu sou rico, sou jovem, não sou bonito nem feio. Maria também é rica, quer dizer, o pai dela é rico.

Um dia encontrei Maria na rua. Enchi-me de coragem, parei na frente dela e disse:

"O meu nome é José."

"O meu é Maria."

A voz dela era linda, maviosa. Senti algo dentro de mim, fechei os olhos e inalei, aspirei o ar profundamente. Quando abri os olhos Maria tinha desaparecido. Olhei atarantado para todos os lados. Maria tinha sumido.

Fui para minha casa macambúzio. Dida, a mordoma da casa que cuidou de mim desde que nasci, perguntou:

"Que carinha triste é essa?"

"Não é nada, não se preocupe", respondi.

"Zezinho, você não me engana", disse ela.

Tenho vinte anos e ela continua me chamando de Zezinho. Mas eu não vou brigar com a Dida, é a minha segunda mãe. Ela é preta, muito, muito, muito preta, de uma negrura deslumbrante. Gosto dela tanto quanto gosto da minha mãe.

Meu pai e minha mãe nunca brigam. A razão dessa cordialidade pode ser explicada pela teoria do filósofo, ou seja lá quem for, que disse que para um casamento dar certo o homem deve morar numa casa e a mulher em outra. Se isso não for possível, que durmam em quartos separados. Se isso não for possível, que durmam em camas separadas. Dormir na mesma cama acaba com qualquer casamento. Minha mãe diz que mora em quarto separado devido ao ronco do meu pai.

"Seu pai, Zé, ronca de uma maneira tão estrondosa que duvido que alguém consiga dormir com ele no mesmo quarto."

Meu pai acha graça. Os dois gostam de champanhe, francesa evidentemente. Às vezes, dormem no mesmo quarto, ora o dele ora o dela.

Estávamos na sala. Minha mãe, meu pai e eu.

"Zé, a Dida me contou que você anda muito triste", disse a minha mãe.

"Triste? Eu? Não, não, isso é invenção dela."

Minha mãe acionou uma campainha que toca nos aposentos de Dida; ela tem um quarto, uma sala e um banheiro só dela.

Dida apareceu na sala.

"Dida, repete o que você me disse."

"Dona Marta, o Zezinho anda muito triste. E eu sei a razão. Posso dizer?"

"Claro, Dida, diga, por favor."

"Ele está apaixonado."

"Que maravilha", disse meu pai.

"O Zezinho está apaixonado pela vizinha, a menina Maria."

"Vou para o quarto", eu disse irritado, saindo da sala.

No dia seguinte minha mãe disse:

"Zé, não chega tarde para o almoço. Hoje vamos ter uma comida especial."

Perambulei pelas ruas com vontade de chorar.

Quando cheguei em casa minha mãe me recebeu na porta dizendo:

"Hoje temos uma convidada para o almoço."

Na sala de visitas, sentada, estava minha Maria.

"Ela disse que gosta muito de você, mas é tímida e tinha medo de se declarar", disse minha mãe.

Estou namorando a Maria. Estamos muito felizes.

APARECIDA

Ela me pediu um dinheiro para ir visitar o filho
era Natal
não via o filho
há mais de dez anos
desde que saíra de casa
expulsa
ou por vontade própria
não sei
e fora viver na rua como mendiga
bêbada
foi assim que a conheci
cambaleante e dizendo palavrões
Ela agora não bebia mais
Jesus Cristo a salvara

Jesus Cristo e eu
que apresentei Jesus a ela
dizendo
Jesus quer te salvar
e como ela sabia ler
eu lhe dei uma Bíblia de bolso
dessas feitas
para semianalfabetos

Ela passou a ler a Bíblia
todo dia
e não bebia mais
nem mendigava

BOCETA

Quero ser um escritor de contos, esse estilo de histórias curtas, o problema é que o meu primeiro conto vai se intitular "Boceta" e sei que vão dizer que essa palavra é pornográfica. Isso é uma estupidez. Vejam no Dicionário do Houaiss: "Boceta: vulva". O que é mais feio, boceta ou vulva? Claro que vulva é mais feio. Enfim, o meu conto vai se chamar boceta.

Muito bem, começando. Para falar a verdade eu nunca vi uma boceta. Sou um homem tímido e nunca fui para a cama com uma mulher, apesar de já ter, devo confessar, vinte cinco anos, sim, isso mesmo, vinte e cinco anos!

Quando ando na rua e vejo uma mulher passar, fico imaginando como seria sua boceta. Fui pesquisar na internet e vi que a boceta, ou vulva (do latim *vulvae*), é a parte externa do órgão genital feminino. Nas mulheres adultas, é revestida por pelos púbicos, ou pentelhos, no linguajar comum. Nas partes laterais, é constituída pelos grandes lábios (*labia majora*), que contêm tecido adiposo. Os grandes lábios envolvem um par de pregas mais finas, os pequenos lábios (*labia minora*), que podem ou não estar totalmente cobertos pelos grandes lábios. Na parte superior da vulva, os pequenos lábios se encontram e formam o frênulo do clitóris. Os pequenos lábios envolvem o orifício urinário (abertura da uretra) e o orifício genital (abertura da vagina). Nos grandes lábios, existe mais tecido adiposo do que nos pequenos. As glândulas de Bartholin são glândulas grandes e possuem um único duto excretor. Tais glândulas são acinosas, serosas. Basta um traumatismo nesse tubo, com consequente edema, para que a secreção fique comprimida e a mulher tenha uma bartolinite. Outras causas da bartolinite são algumas doenças, como a gonorreia, que traumatizam o epitélio, deixando a glândula inflamada. O duto excretor dessa glândula está na base dos pequenos lábios. O clitóris é um grande corpo cavernoso ou um corpo esponjoso que é, na verdade, um amontoado de vasos capilares de paredes fenestradas, de forma que, quando entra sangue nesses vasos, o clitóris se intumesce.

Concluí que boceta é uma coisa bem misteriosa. Para falar a verdade não entendi quase nada do que li na internet. Mas entendi que ela é cercada de pelos, e tem o formato de uma boca com dois lábios, o de cima é mais grosso do que o de baixo, que é mais fino. E tem uma espécie de língua projetada para fora que se chama clitóris.

Esse conhecimento já era suficiente para eu escrever o meu conto, ou história curta, que é o seguinte:

Eu andava pela rua e sempre que passava por mim uma mulher jovem e bonita ficava imaginando como seria sua boceta. Eu ficava o dia inteiro na rua, vendo as mulheres bonitas que passavam, e a verdade é que não são muitas, a maioria das mulheres é obesa, e mulher gorda é uma coisa feia, mas quando passava uma com o peso ideal eu imaginava como era a sua boceta, os dois lábios, o clitóris. Aquela imaginação, aquela criatividade que eu possuía me levava a uma espécie de êxtase, de alegria, de prazer, de admiração, de reverência.

Decidi, então, que eu ia ver uma boceta de verdade.

Mas esse conto, ou narrativa curta, fica para depois.

BOCETA — PARTE II

Como disse no meu primeiro conto, eu queria ver uma boceta. Mas como? A internet não me dava qualquer orientação. Peguei as enciclopédias que tinha na estante e também nada encontrei.

Já disse que sou um sujeito sem amigos e com apenas alguns conhecidos. Um deles era um camarada idoso que morava na minha rua e sempre me cumprimentava quando eu passava perto dele; eu respondia, é claro. Vou perguntar a ele, pensei.

É claro que demorei vários dias até criar coragem.

Seu Raimundo, o meu vizinho, era viúvo, sem filhos, aposentado.

Então um dia, quando nos encontramos e ele me deu bom dia, respondi:

"Bom dia, seu Raimundo."

Toquei de leve no seu braço.

"Seu Raimundo, gostaria de lhe fazer uma pergunta... uma pergunta... uma pergunta..."

"Sim, pergunte", respondeu ele.

"Eu gostaria de ver... de ver... de ver..."

"Sim", respondeu ele novamente. Notei certo tom de impaciência na sua voz.

"De ver uma boceta."

"O quê?"

"De ver uma boceta."

Seu Raimundo ficou me olhando.

"Que idade você tem, meu filho?"

"Vinte e cinco anos."

"E nunca viu?"

"Não, senhor."

"Eu vi uma pela primeira vez com dezoito anos."

"Como é que eu faço, seu Raimundo?"

"Deixa eu pensar... deixa eu pensar... Eu conheço um cafifa, o Zé, que tem uma porção de mulheres, vou ter que perguntar a ele."

Eu nunca tinha ouvido aquela palavra, cafifa, mas devia ser um mórmon, adepto daquela doutrina protestante que admite a poligamia.

"Incrível... incrível, nunca viu uma... com vinte e cinco anos..."

Seu Raimundo coçou a cabeça, seu rosto mostrando surpresa.

Dois dias depois seu Raimundo me procurou para dizer que o Zé Cafifa tinha arranjado uma das mulheres dele para me mostrar a... a...

Fiquei horrorizado.

"Seu Raimundo, não posso fazer isso com uma mulher casada, mesmo que seja mórmon…"

"Ela não é casada. É uma das garotas de programa, essas que antigamente eram chamadas de prostitutas. Ou putas."

"Mas o senhor disse que ele era mórmon!"

"Não disse que ele era mórmon, disse que ele um cafifa. Cafifa é o mesmo que cafetão, esses caras que exploram putas, sabe como é? O freguês paga para a puta e ele fica com parte do dinheiro, a maior parte, é claro. Você vai ter que pagar para essa mulher. O Zé já até escolheu a puta, é uma tal de Daiana, claro que esse nome é falso."

Durante algum tempo eu fiquei perturbado, sem saber o que dizer. Depois perguntei:

"Quanto vou ter que pagar a essa dona Daiana?"

"Se for só para mostrar a boceta é barato."

O seu Raimundo disse quanto era. Depois perguntou:

"Posso marcar com o Zé? Aqui na sua casa? Escolhe o dia e a hora."

Escolhi de tarde. Na semana seguinte. Eu tinha que preparar o meu espírito para aquela, aquela… como direi?, peripécia.

O dia da dona Daiana chegou. Na véspera não consegui dormir. Passei a manhã andando de um lado para o outro dentro da minha casa, como se fosse um maluco. Não consegui almoçar.

Eram 4 horas da tarde quando ouvi a campainha. Entreabri a porta. Uma moça bonita perguntou:

"O seu Carlos está?"

"Eu sou o seu Carlos", respondi.

"Eu sou a Daiana. Posso entrar?"

Abri a porta. Ela entrou.

Fiquei olhando para a moça sem saber o que dizer.

"Vamos para o seu quarto", ela disse, meio perguntando, meio ordenando. Confesso que estava meio zonzo, aturdido, com uma espécie de tonteira.

Estendi a mão e mostrei a direção do meu quarto. A moça me pegou pela mão e me levou, me puxando e empurrando até o quarto. Depois sentou na cama e tirou os sapatos, a calça que usava, a calcinha, a blusa, o sutiã e ficou completamente nua. Depois deitou-se na cama, abriu as perna e disse:

"Olha."

Olhei fascinado aquela fenda que eu só conhecia pela internet. A dona Daiana tinha poucos pelos em torno da fresta estreita e alongada. Os homens deviam ver mais aquilo, ver, contemplar, admirar.

Resumindo. Contratei dona Daiana para morar comigo. Ela está aqui na minha casa há três dias. Contemplo diariamente, várias vezes, a... a boceta dela, isso, boceta, é uma palavra linda.

Hoje dona Daiana disse que eu devia tirar a roupa também, que ela queria fazer uma coisa comigo.

Tirei a roupa e...

O que aconteceu, depois eu conto. É outra história.

CAFETÕES

Eu não gosto de cafetões. O cara tem que ser muito filho da puta para explorar uma mulher desse jeito, como prostituta.

A cidade está cheia, o país está cheio, o mundo está cheio de homens que vivem às custas de mulheres, mas elas não são putas, trabalham em lojas, são domésticas, são funcionárias públicas, são professoras, não são putas. E esses merdas não são cafetões, são parasitas, o que é bem grave também.

Tem cafetão que bate na mulher que ele explora. O puto deve ser sádico, sente prazer em infligir sofrimento na mulher que ele explora, gosta de fazer o mal. Sádico e ganancioso.

Eu estou na polícia há algum tempo, trabalhando na delegacia que trata dos chamados "Crimes contra a Dignidade Sexual". A delegada é uma mulher, aliás, o chefe de polícia é uma mulher, as mulheres estão conseguindo posições de mando e de poder. Acho isso bom.

Falei com a minha delegada.

"Doutora Mirtes", o nome dela é Mirtes, não é um bom nome para delegada de polícia, mas a culpa não é dela, "doutora Mirtes, nunca conseguimos condenar um único cafetão, desses que batem nas mulheres. Confesso que isso me frustra, me deixa muito irritado".

A delegada me explicou que durante as investigações criminais as mulheres negavam ter sofrido qualquer violência por parte dos cafetões, mentiam dizendo que tinham caído da escada, ou batido com o rosto da porta, sempre escusando o filho da puta. Enfim, mesmo se ela enviasse o inquérito para um juizado, o acusado seria absolvido.

A delegada pegava o código de processo penal e lia: "Quando resta provado que o acusado não é autor do fato típico ou quando sobre ele incide uma ou mais excludentes de culpabilidade ou antijuridicidade; a absolvição libera o acusado de quaisquer obrigações com o Estado ou com qualquer parte do processo."

Eu não queria realizar o que já tinha feito anteriormente, mas vi que não tinha outra alternativa.

Fui à casa do primeiro cafetão sádico absolvido. Havia três mulheres lá. O puto explorava várias. Isso é comum; como eu disse, além de sádicos eles são gananciosos.

"Ah, o tira veio me ver? Estou livre feito um passarinho", ele disse, "pode dar o fora daqui ou vou dar queixa, violência policial é crime, dá o fora, tira."

O puto era arrogante.

Tirei o meu .45 do coldre, atarraxei o silenciador no cano e encostei na cara dele.

"Pede penico, seu puto, sei que está encagaçado, mas tem vergonha de mostrar a sua covardia na frente das suas garotas."

Ele ficou calado.

Dei um tiro nos colhões do puto. Ele desmaiou. Dei outro tiro, agora nos cornos.

"Olha aqui, meninas, vou ficar de olho em vocês, se não deixarem de se prostituir eu arrebento o crânio de todas como fiz com esse puto. Entenderam? Vocês vão começar hoje mesmo a procurar um emprego decente. Peguem as suas coisas, e caiam fora deste lugar nojento. Lembrem-se: estou de olho em vocês", disse isso encostando a pistola com força nas costelas de uma delas.

Esse não foi o primeiro que liquidei. Antes eu matei o cara que era o cafetão da minha irmã. E do mesmo jeito. Um tiro nos colhões e outro na cabeça.

Hoje a minha irmã trabalha numa loja como balconista e casou com um cara legal.

Já tenho outro na lista. O puto foi absolvido. Amanhã vou lhe fazer uma visitinha.

CARNE CRUA

    Sempre gostei de comer carne crua. Eu ainda mamava quando meu pai e minha mãe morreram. Fui morar com meus tios, que me arranjaram uma ama de leite. A mulher chegava com o peito inchado e eu mamava, mas isso foi há muito tempo e nem sei exatamente como as coisas aconteciam, mas quando os meus dentes de leite se foram e comecei a mastigar, só me dava prazer comer carne crua. Minha tia dizia que a carne tinha que ser cozida, frita, refogada e mais não sei o quê. Todo sábado tinha churrasco na minha casa, meu tio era louco por churrasco, churrasco e cachaça, eu também gostava de churrasco e dizia a ele que podia ajudá-lo, mas na verdade eu pegava um pedaço de picanha, fingia que ia assá-la no fogo e comia crua, bem crua, sangrenta. Meu tio, embriagado pela cachaça, não percebia nada, nem minha tia, que era muito míope e não usava óculos, pois dizia que os óculos faziam ela ficar muito feia. Quase me esqueci de dizer que, quando pequeno, eu gostava de matar os bichos que via no jardim: borboleta, gato, cachorro, até um mico, ou sagui, que um dia apareceu no fio que levava eletricidade de um poste para a casa dos meus tios. Foi complicado matar o mico, mas aquilo me deu um grande prazer. Sobre esse episódio, preciso contar uma coisa ainda mais interessante. Eu peguei uma faca, arranquei a pele do mico e devorei aquela carninha cheia de ossinhos. Depois descobri que a carne crua do gato também era muito saborosa e a do cachorro mais ainda. Na China, na Indonésia, na Coreia, no México, nas Filipinas, na Polinésia, em Taiwan, no Vietnã, no Ártico, na Antártida e em dois cantões da Suíça, especialmente na região dos Alpes, come-se muita carne de cachorro, e a mais apreciada é a de Rottweiler. O regulamento governamental suíço orienta que o animal seja morto sem passar por nenhum tipo de sofrimento. Em todos esses lugares a carne do cachorro é processada, isto é, cozida, frita, ensopada, mas, como disse, eu gosto dela crua. Numa rua próxima da minha tinha uma casa em que a dona tinha um Rottweiler. Quando eu via o cachorro, a minha boca se enchia de água, eu tinha até que cuspir, tamanha a quantidade de saliva. Essa tal dona do Rottweiler enviuvara havia pouco tempo e eu criei uma estratégia para me aproximar dela. Toquei a campainha da tal viúva, que se chamava Gertrudes, e perguntei: dona Gertrudes, a senhora quer que eu passeie com o seu cão? Os cães não podem ficar trancados em casa como os gatos; e ela respondeu que o nome dela era Guertrudes, que era de origem alemã, e perguntou quanto eu cobrava por esse trabalho. Respondi que não cobrava nada, que eu amava os cachorros. Amava mesmo, mas para comer, é claro. Dona Guertrudes concordou e disse que antes queria que eu soubesse coisas sobre o seu Rottweiler. O Rottweiler tem origem desconhecida e provavelmente descende do Mastiff Italiano. Durante a Idade Média, o Rottweiler era usado como cão pastor. Essa raça quase foi extinta no século XIX, mas conseguiu sobreviver e voltou com força total no século XX. O Rottweiler é usado hoje em dia para diversas funções, como tracking, pastoreio, cão de guarda, cão policial e cão de alerta. Na minha casa ele desempenha todas essas funções, agora que estou viúva é o único amigo que tenho. Outra coisa, sai com o Nenê — era assim que a dona Guertrudes chamava o cachorro dela, Nenê —, sai com o Nenê pelo quintal dos fundos, a rua de lá é mais deserta. Quando me vi sozinho com o lindo Rottweiler no quintal, não resisti e peguei o punhal que sempre carrego comigo, com o qual matei todos os outros cachorros e gatos, e golpeei o Rottweiler, um golpe forte que atingiu seu coração, matando-o instantaneamente. Ao ver o sangue, não resisti: debrucei-me sobre o cachorro e comecei a sugar com volúpia aquele líquido vermelho e quente. Nesse momento dona Guertrudes apareceu no quintal e disse, horrorizada, algo parecido com meu deus. Não titubeei e dei uma punhalada no peito dela. Levei os corpos para dentro da casa e comi a carne dos dois. A carne de cachorro é deliciosa, mas a do ser humano, homem, mulher, criança, é mais ainda. Sei disso porque, ultimamente, é a única carne que como. Crua, é claro.

CORNOS

Estavam os três no boteco, Xavier, Pedro e José, tomando chope.

Xavier: "Existem três tipos de corno, isso no mundo inteiro, Europa, África, América, do norte, central e do sul, Ásia, Oceania, Antártida, nesses lugares todos existem três tipos de corno, o corno bravo, o corno manso e o corno burro. O burro pode ser apenas ignorante. No mundo inteiro."

"Em alguns lugares da nossa terra o corno é também conhecido como cornudo, guampudo e outros nomes que não lembro", disse José.

"Deixa eu terminar, Zé, você sempre me interrompe. O corno bravo é aquele que, quando descobre que está sendo traído, mata a mulher e o sujeito que está corneando ele. Às vezes, se a mulher é muito bonita, ele perdoa ela. Existem poucas mulheres bonitas no mundo."

"Aqui tem muitas."

"Porra, Zé, deixa eu falar, para de me interromper. O corno manso não se incomoda."

"Quando é bicha ou brocha."

"Puta que pariu, Zé, deixa eu falar, caralho! Tem corno manso que não é nem bicha nem brocha."

"Todo mundo tem que ser alguma coisa. Psicologicamente falando o corno manso é o quê?"

"Zé, não estamos falando de psicologia. Estamos falando do sujeito que é traído pela mulher, pela esposa, entendeu?"

"E isso não é psicologia? Os dicionários dizem que psicologia é a ciência que trata dos estados e processos mentais, do comportamento do ser humano e de suas interações com um ambiente físico e social. E cornear faz parte do comportamento humano."

"Chega Zé, por favor, me deixa falar!"

"Então fala, anda fala, mas…"

"Como eu dizia, existem três tipos de corno, o manso, o burro/ignorante e o bravo."

"Tem também o corno manso brocha. Como é que se escreve brocha? Com *ch* ou com *x*?"

"O dicionário diz que existem as duas formas, mas brocha com *ch* é considerada mais adequada", disse Pedro.

Xavier não se incomodava com as interpelações de Pedro, o único do grupo que ele detestava era o José.

"Mas existem as formas mais estranhas de definir o, o… como direi, o sujeito enganado pela mulher: corno ecumênico, corno psicossomático e corno socrático", disse José.

"Porra, José, você é insuportável. Vou embora. Alguém paga o meu chope?"

"A gente paga", disse Pedro.

Xavier se retirou.

"Você está comendo a mulher dele, não está?"

"Estou. Como é que você sabe?"

"Todo mundo sabe. Menos ele. Ou ele sabe? Que tipo de corno ele é?"

"Você é casado?"

"Sou", respondeu Pedro.

"Então vamos mudar de assunto. Vou pagar a despesa e vou embora", disse José.

"Vamos rachar", disse Pedro.

"Rachar? Cuidado com essa palavra", disse José, pondo o dinheiro na mesa e se retirando.

DESCULPAS ESFARRAPADAS

Tenho dezessete anos. Até pouco tempo morava num subúrbio em que não tem metrô e ia trabalhar todo dia de ônibus. O metrô por enquanto só tem quatro linhas, linha 1 (Uruguai—General Osório); linha 2 (Pavuna—Botafogo—Estácio); linha 4 (General Osório—Jardim Oceânico). Na verdade, são apenas três linhas, esse nome "linha 4" é uma mentira deslavada.

Por falar em Pavuna, o meu avô, que já morreu, ninguém sabe de quê, ninguém sabia nada sobre ele, nem mesmo a idade, gostava de cantar uma música que dizia, "na Pavuna, na Pavuna, tem um samba que só dá gente reiuna."

"Pavuna", disse meu patrão, o seu Manoel, que é português, "significa um vale, isto é, um terreno baixo, mais ou menos plano, à margem de um rio ou ribeirão, uma várzea;

e reiuna, que é um tipo de espingarda antiga, passou a designar tudo que dizia respeito a militares. Dizem que hoje é um lugar frequentado por paneleiros."

Paneleiro aqui no Brasil significa vendedor de panelas ou algo assim, em Portugal paneleiro é veado.

Trabalho como balconista na loja do seu Manoel, um armazém de secos e molhados, que, como os do século XIX, vende produtos artesanais, grãos, utensílios domésticos e ferramentas para o trabalho na lavoura.

"Esses shoppings são uma invenção do demônio", diz o seu Manoel, "uma coisa que invadiu o mundo todo, até a minha santa terrinha, ai Jesus!"

Um dia entrou no armazém uma moça muito linda, perfeita, seios pequenos, bunda durinha, pernas grossas, mas não muito. Seu Manoel a atendeu e eu fiquei olhando, excitado; foi uma espécie de paixão à primeira vista.

A moça que entrou no armazém chama-se Eliane. Tem a minha idade, dezessete anos. É mulata clara, mas tem bunda de branco, como o seu pai que também é português. Dizem que eles, os portugueses, gostam de mulatas. Quando perguntei isso ao seu Manoel, ele respondeu, quase gritando, "português gosta de mulher, entendeste, ó gajo, português gosta de mulher!".

Esqueci de dizer que o meu pai é italiano, de Pantigliate, província de Milão. Minha mãe é brasileira, nasceu em Tiradentes, uma cidade turística em Minas Gerais, cheia de museus e prédios antigos. Fui lá apenas uma vez.

Um italiano, como o meu pai, aceitaria uma negra, ou mesmo uma mulata, como membro da família?

"Quando vou conhecer os seus pais?", Eliane me perguntava.

Eu sempre adiava o momento de apresentá-la a eles, inventava um motivo, uma desculpa esfarrapada.

Consultei o meu patrão. Contei que suspeitava do racismo dos meus pais, falei da minha paixão por Eliane e de tudo o mais.

Seu Manoel ouviu calado, depois fez um cigarro de papel com o fumo que estava num saco, deu uma tragada.

"Ó gajo, creio que deves fazer o seguinte: vem morar aqui no armazém, num dos quartos dos fundos, traz a mula… digo, a moça para morar contigo, quando tiverem mais de dezoito anos podem se casar, se ela quiser, ora pois, pois, e mande os seus pais à merda."

Foi o que eu fiz.

Estou morando com a Eliane no quarto dos fundos do armazém do seu Manoel.

Como é bom o amor de uma mulher.

Não mandei os meus pais à merda, é claro. Dei uma desculpa esfarrapada.

Sou especialista em desculpas esfarrapadas.

DIARREIA

Eu acreditava que sofria de diarreia crônica. O médico que consultei me deu um remédio, prescreveu uma dieta e disse que meus sintomas poderiam persistir no máximo por três a quatro semanas.

Um mês depois eu continuava na mesma, na verdade, havia piorado.

Os médicos são todos uns empulhadores, eu sei porque meu irmão é clínico geral e não sabe a diferença entre gripe e resfriado. Os sintomas como nariz entupido, espirros, dores de cabeça e no corpo podem caracterizar a gripe ou resfriado. A diferença é que a gripe é causada por um vírus e geralmente é caracterizada por febre alta, seguida de dor muscular, dor de garganta, dor de cabeça, coriza e tosse seca. No resfriado não ocorre a febre.

Fui a outro médico e contei a minha lenga-lenga. Agora levava comigo um minigravador que eu acionava sem que o médico percebesse.

Ele consultou um enorme alfarrábio que tinha sobre a mesa e disse, lendo o livro:

"Isso pode indicar a doença de Crohn."

"Que doença é essa?", perguntei.

O médico, cujo nome era Assis, folheou o livrão à sua frente e leu:

"A doença de Crohn é uma séria doença inflamatória do trato gastrointestinal. Afeta predominantemente a parte inferior do intestino delgado (íleo) e o intestino grosso (cólon), mas pode atingir qualquer parte do trato gastrointestinal. A doença de Crohn habitualmente causa diarreia, cólica abdominal, às vezes febre e sangramento retal. Também pode ocorrer perda de apetite e de peso subsequente. Os sintomas podem variar de leve a grave, mas, em geral, as pessoas com doença de Crohn podem ter vida ativa e produtiva."

O doutor Assis parou de ler. Ficamos calados. Deixei o minigravador ligado. O médico voltou a ler:

"A doença de Crohn é crônica. Não sabemos qual é a sua causa. Os medicamentos disponíveis atualmente reduzem a inflamação e habitualmente controlam os sintomas, mas não a curam. Uma vez que a doença de Crohn se comporta como a colite ulcerativa (às vezes é difícil diferenciar uma da outra), as duas são agrupadas na categoria de doenças inflamatórias intestinais (DII). Diferentemente da doença de Crohn, em que todas as camadas estão envolvidas e na qual pode haver segmentos de intestino saudável, normal, entre os segmentos do intestino doente, a colite ulcerativa afeta apenas a camada mais superficial (mucosa) do cólon, e de modo contínuo. Dependendo da região afetada, a doença de Crohn é chamada de ileíte, enterite regional ou colite. Para reduzir a confusão, a expressão doença de Crohn foi usada a fim de identificar a doença, qualquer que seja a região do corpo afetada (íleo, cólon, reto, ânus, estômago, duodeno etc.). Ela se chama assim porque Burril B. Crohn era o primeiro nome de um artigo de três autores, publicado em 1932, que descreveu a doença."

À medida que lia, eu notava que o doutor Assis não entendia nada do que estava dizendo. Igual ao outro embusteiro que eu consultara anteriormente. Ele prescreveu uma lista de remédios, evidentemente depois de ler o livrão à sua frente.

Paguei a consulta e decidi que não voltaria mais ali.

Consultei vários médicos, todos imbecis. Aliás, o que mais existe no mundo são imbecis. Eu mesmo sou um imbecil. Ligeiramente imbecil, não totalmente imbecil. Liguei o minigravador em todas as consultas.

Fui a um homeopata. Doutor Simão. Levei o meu minigravador, é claro.

O médico era um sujeito magro, careca, que usava óculos. Como todos os outros, ele consultou um vade-mécum todo amarfanhado, devia carregar aquele troço no bolso. A voz dele era grave, não combinava com sua aparência.

"A evolução de qualquer ramo da ciência jamais ocorreu por meio de atos isolados de um único cientista. Mesmo que uma descoberta seja atribuída a uma única pessoa, esta, certamente, está embasada em conhecimentos anteriores. Assim aconteceu com a homeopatia, construída a partir de concepções como o princípio dos semelhantes, as doses infinitesimais, o medicamento único, dentre outros."

Calou-se, olhando através dos óculos cujas lentes eram divididas, a parte de cima para miopia e a de baixo para hipermetropia.

Ficamos calados. Deixei o meu minigravador, que estava no bolso de cima da camisa, ligado.

"Esses preceitos", continua o homeopata, "já eram conhecidos por muitos médicos, desde Hipócrates até Hahnemann, com vários deles utilizando-os — principalmente o dos semelhantes — em seus tratamentos e observações. A menção mais antiga que se tem a respeito do tratamento pela lei dos semelhantes foi encontrada em um papiro de 1500 a.C. Contudo, esse princípio era aplicado de uma maneira muito subjetiva e não por meio da observação dos sintomas causados no organismo, como foi introduzido experimentalmente por Hahnemann. A obra de Hipócrates (460-370 a.C.) é um marco da ciência e das artes médicas, sendo este iluminado médico grego considerado o Pai da Medicina."

Achei aquela história de princípio dos semelhantes bem interessante e resolvi dar uma chance ao novo tratamento.

O homeopata Simão deu-me uma receita com o nome de vários medicamentos. Todos tinham que ser manipulados em laboratórios especiais.

Tomei todos os remédios. A diarreia continuava. Doutor Simão não fugia à regra, era mais um imbecil.

Parei de ir a médicos e disse em voz alta (eu estava sozinho no meu quarto, estranho isso, de falar sozinho e ainda mais em voz alta):

"Diarreia, vai à merda!"

Isso é um vício de linguagem, mandar alguém ao lugar onde ele está? Creio que não estou explicando direito o que quero dizer, vou repetir de outra maneira: decidi mandar a diarreia plantar batatas.

"Vá plantar batatas, diarreia", exclamei enfaticamente.

Saí de casa e fui comer um sanduíche de salsichas. Durante o dia comi frutas, ameixas, kiwis, feijão, brócolis, queijo, tomei leite.

No dia seguinte repeti a dose. Durante a semana, todo dia eu só comia alimentos diarreicos.

A diarreia acabou.

Similia similibus curantur?

FALSIFICADO

No necrotério.
Revejo seu rosto bronzeado,
olhos azuis,
dentes perfeitos.
No necrotério.
Deitado no caixão,
pálido, olhos fechados, boca fechada.
O lugar está vazio.
Curvo-me e com os dedos levanto suas pálpebras.
Onde estão os rutilantes olhos azuis?
Apenas íris de cor escura,
ele usava lentes de contato.
Afasto seus lábios,
vejo os dentes, sacudo o maxilar e a arcada dentária balança.
Postiços.
Ele era todo falsificado.

FEITIÇO BRASILEIRO

Ela era alemã, e seu nome era Maria. Esse é o nome de mulher mais comum no mundo. Maria é grafada dessa maneira em português, latim, espanhol, galego, italiano, catalão, alemão, sueco, norueguês, occitano, islandês, sardo, romeno; às vezes muda uma ou duas letras finais, como Mary, em inglês, Marie em holandês, Maren em dinamarquês, Mari em galês, Marija em servo-croata, Mari em esloveno e albanês, Marika em húngaro, Maryen em turco, Malia em havaiano...

Chega, estou me exibindo, eu tenho esse defeito, ou característica, sou bem exibicionista, mas não daqueles que sofrem de uma forma de perversão sexual que consiste em exibir as partes íntimas, não, não, meu exibicionismo é pura ostentação.

Enfim, voltando à minha amiga alemã, eu a conheci em Berlim. Alguém, não me lembro quem, nos apresentou dizendo que ela sabia falar e escrever português muito bem e queria conhecer pessoas que falassem essa língua. Maria era uma mulher muito bonita, na casa dos trinta e poucos (só não vou dizer o nome completo dela porque esta é uma história verídica, tudo que eu conto aqui aconteceu realmente). Depois de algum tempo estávamos conversando na cama, e fodendo, é claro, foder com ela era muito bom.

Voltei para o Brasil, mas Maria e eu nos correspondíamos com frequência, mandávamos cartas longas, com poemas, enfim, era mais uma oportunidade para eu me exibir. Um dia a Maria me disse que estava vindo ao Brasil.

Fui esperá-la no aeroporto. Ela chegou, como sempre com vestido de seda, a saia um pouco acima do joelho, certamente de uma daquelas marcas francesas caras, cheia de anéis, colar de pérolas, pulseira de pedras preciosas.

"Estas joias eu comprei em Paris, eu adoro ouro e brilhantes, principalmente esmeraldas", ela disse quase enfiando o anel na minha cara. "Os sapatos são Roger Vivier, não existe outra marca tão boa em todo o mundo."

Ela também tinha o seu lado exibicionista.

Levei-a para minha casa, eu moro num apartamento que ocupa um andar inteiro, num prédio na praia, num bairro elegante — caramba! já estou me exibindo novamente, mas isso tudo é verdade, eu evito me gabar, ainda nem disse que sou um homem bonito.

No mesmo dia em que chegou, Maria me disse que queria ir na macumba. Praias, ela conhecia muitas, mas ouvira falar em macumba, uma cerimônia religiosa de pretos e brancos idiotas que acreditam que espíritos podem baixar mediante batuque de tambores e cantilenas.

"Você acredita em macumba, José?"

Claro que o meu nome verdadeiro não é José. O único nome verdadeiro aqui é Maria.

"Eu acredito em saci-pererê", respondi.

"O que é isso?"

"É uma espécie de duende. Pode ser branco ou preto, usa cachimbo e um gorro vermelho. Luta capoeira."

"Está falando sério?"

"Claro que estou falando sério. Esqueci de dizer que ele, o saci-pererê, tem apenas uma perna."

"E como é que ele anda?", perguntou Maria forçando um tom irônico na voz.

"Dando pulinhos. Quando subo as escadas da igreja da Penha de joelhos sempre encontro lá no pátio da igreja um saci-pererê. Mas só falo com o saci se ele for preto. Não gosto de saci-pererê branco, eles são mentirosos."

"Você pensa que é muito engraçado?"

"Eu sou muito engraçado, tenho orgulho disso."

"E quando é que nós vamos a uma macumba?"

"Sexta-feira. As macumbas legítimas são às sextas-feiras, vou investigar o melhor lugar. Hoje é segunda, temos alguns dias para fazer amor."

Ficamos fodendo segunda, terça, quarta e quinta o dia inteiro e também fodemos na sexta de manhã. Eu e a Maria tínhamos uma libido, uma pulsão sexual muito forte.

A macumba era à noite, num terreiro que ficava num bairro distante do local onde eu morava. Não vou dizer onde era, esta é uma história verídica, como já disse, tudo que conto aqui aconteceu realmente e não quero dar pistas para que descubram minha identidade. Sou uma pessoa importante, tenho que me proteger, neste mundo de hoje as pessoas vivem fazendo mexericos pelo celular.

Fomos de carro, andamos um longo tempo por uma estrada barrenta até que chegamos ao terreiro da ialorixá ou mãe de santo, a sacerdotisa chefe daquele terreiro de candomblé. Não existe mais o babalaô, o sacerdote supremo masculino, depois da morte do último deles, Martiniano do Bonfim, também conhecido como Ojé L'adê, que procurou reforçar o conceito de pureza nagô consultando os babalorixás através dos candomblés do povo kelu, da nação ioruba.

"O povo brasileiro é muito supersticioso, talvez porque a maioria seja de mestiços, e os mestiços, os negros em geral, temem coisas inócuas, depositam confiança em coisas absurdas, sei que você não é mestiço, é cético, mas o povo brasileiro...", dizia Maria.

Afinal chegamos no terreiro. A mãe de santo, dona Dida, era uma mulher velha, gorda, que estava vestida de branco. No centro do terreiro, ao som dos tambores, várias mulheres, também de branco, dançavam em círculo. Ela olhou para Maria e disse:

"Misifia..." só entendi isso, o resto devia ser em ioruba, língua creio que congolesa.

Maria sussurrou no meu ouvido:

"Esses negros brasileiros são muito primitivos, ignorantes, aliás, na verdade, acho que o povo brasileiro em geral..."

O som dos atabaques não deixou que eu entendesse o resto. A roda de macumbeiras começou a dançar e a cantar, ao som dos atabaques e tambores, em torno de mim e de Maria. Então, inesperadamente, dona Dida apareceu perto de mim e de Maria e disse:

"Misifia…"

Como sempre, não entendi o resto. Então a mãe de santo tirou o colar, depois os anéis de esmeralda, depois a pulseira de ouro, depois os sapatos da Maria, que não esboçou qualquer reação, parecia embriagada. Descalça, Maria começou a dançar seguindo a roda das macumbeiras, todas negras, destacando-se com sua cabeleira loura como se fosse um tocha de fogo.

As macumbeiras e Maria dançaram por algum tempo. Depois os tambores silenciaram. Abracei Maria que, lentamente, voltou a si.

A mãe de santo, dona Dida, entregou as joias e os sapatos para Maria dizendo "Misifia" etc.

Voltamos para casa, passamos pela estrada barrenta, chegamos no asfalto. Eu e Maria em silêncio. Ela fingia que nada havia ocorrido.

Nunca tocamos nesse assunto.

Como eu disse, só acredito no saci-pererê.

Maria voltou para a Alemanha. Mas enviamos e-mails, um para o outro, quase que diariamente. Isso durante mais de dez anos. Um dia recebi uma mensagem que me deixou muito animado. Maria dizia que estava vindo ao Brasil e queria me ver.

Ela chegaria dentro de dez dias. Na véspera de sua chegada, não consegui dormir, nervoso, ansioso, tive medo de ter um ataque cardíaco.

Afinal, depois de muito sofrimento ela chegou. Me ligou do aeroporto.

"Meu amor, cheguei, estou indo para sua casa."

Fui ver a minha cara no espelho. Escolhi a roupa que devia usar, minhas mãos tremiam.

Tocaram a campainha.

Fui atender.

Abri a porta, não era Maria. Era uma mulher gorda, enorme.

"Sim?", eu disse.

"Sou eu, não está me reconhecendo?"

Fiquei calado.

"Sou eu, Maria."

GOSTO DE VER O MAR

Eu trabalhava como contador de uma firma, era noivo de uma linda moça chamada Eunice, morava num pequeno apartamento no Leme. Planejamos nos casar dentro de um mês. Então, fui despedido da firma. Isso não me preocupou muito, com o meu currículo seria fácil arranjar emprego em outro lugar.

Mas estava difícil. Combinei com Eunice de adiarmos a data do casamento. Fiquei vivendo com o dinheiro que recebera de indenização, mas ele logo acabou. Deixei de pagar o aluguel do apartamento no Leme. Eu estava numa situação difícil. Não tenho parentes e nenhum amigo podia, ou não queria, me ajudar. Vendi tudo o que tinha, móveis, relógio, livros, roupas...

Fui notificado por um oficial de justiça que uma ação de despejo fora intentada contra mim. Eu sempre ouvira dizer que a Justiça era muito lenta, mas o certo é depois de um tempo, que me pareceu muito curto, eu fui despejado, praticamente expulso do apartamento por oficiais de justiça.

Perguntei a Eunice se podia ficar na casa dela por algum tempo. Ela disse que não. Pouco depois, rompeu nosso noivado. Nem aos meus telefonemas ela atendia.

Para poder arranjar algum dinheiro e pagar o aluguel de um barraco na favela, desempenhei várias atividades. A primeira, de vendedor de pipocas e churros na rua. Mas o dono da carrocinha disse que o movimento estava muito fraco e ele tinha que me mandar embora, ia ficar apenas com uma das carrocinhas, da qual ele mesmo tomaria conta.

Era muito difícil arranjar qualquer atividade. Todo mundo dizia que o país estava atravessando uma crise muito grave, que o percentual de pessoas desempregadas subia diariamente.

Felizmente o nosso povo é muito desleixado. Resolvi apanhar latas na rua para vender numa fábrica que reciclava latas velhas.

Mas a concorrência era muito grande. Fui agredido duas vezes por outros sujeitos que viviam de catar esses vasilhames.

Minha situação ficou caótica. Meus sapatos foram substituídos por sandálias, tiras ordinárias de plástico presas entre os dedos, minhas roupas estavam rotas, meus dentes cariados.

Eu tinha duas escolhas: cometer suicídio ou tornar-me um ladrão, um assaltante.

Escolhi ser assaltante. Minha vida era uma merda, mas eu não queria morrer.

Estou me dando bem. Obturei os dentes. Comprei roupas. Comprei um revólver para assaltar também homens e mulheres de todas as idades. (Antes eu só assaltava essas velhinhas que andam apoiadas em bengalas; agora assalto todo mundo, o revólver impõe respeito.) Arranjei uma namorada. Aluguei outro apartamento no Leme. Gosto de ver o mar.

Neste país os ladrões se dão bem, muito bem.

GRANDE AMOR

Trabalho, sou gerente de uma confecção que desenha modelos e faz vestidos, blusas, saias para grifes famosas, que colocam os seus símbolos, emblemas, o que for necessário para estabelecer a autoria da confecção. O mundo dos negócios é assim, aliás, o mundo todo é assim, cheio de farsantes, eu inclusive.

O seu Israel vendeu a confecção e o novo dono, seu Luiz, pediu que eu fosse ao escritório conversar com ele.

"Como é mesmo o seu nome?"

"Meu nome é Luzia, senhor Luiz."

"Não me chame de senhor, somos quase da mesma idade. Quantos anos você tem?"

"Vinte e seis."

"Eu tenho trinta. Me chame de Luiz, nada de senhor Luiz. Você tem um corpo bonito... Posso passar a mão, de leve, de leve, no seu peito?"

"O senhor me desculpe, mas não consigo ter uma relação com meus patrões que não seja formal."

Notei que ele coçou a cabeça. É típico dos idiotas coçarem a cabeça quando ficam perplexos.

"Qual é o problema?", ele perguntou.

"Tenho um relacionamento estável com a pessoa que amo", eu disse.

Eu não estava mentindo. Tenho mesmo um grande amor.

Ele coçou novamente a cabeça.

"Vamos nos casar, no mês que vem, com certeza."

O senhor Luiz ficou calado, coçando a cabeça por alguns segundos que pareciam uma eternidade.

"Infelizmente..."

Calado, coçando a cabeça.

"Infelizmente..."

Coçando a cabeça.

"Infelizmente..."

Eu sabia o que ele ia dizer.

"Não tem problema. Vou calcular o que o senhor tem a me pagar, indenização trabalhista, essas coisas, e depois lhe digo."

"Desculpe", disse ele depois de coçar novamente a cabeça.

Ele me pagou tudo o que eu demandei.

"O seu marido não vai brigar comigo, vai?"

Todos esses assediadores são covardes.

"Não, ninguém vai brigar com o senhor."

No fim do mês, depois de receber o salário, a indenização etc. fui para casa. Meu amor abriu a porta.

Mas eu queria trabalhar, não queria ser um peso nas costas de quem amo.

Arranjei um emprego de garçonete num restaurante. A proprietária, Dona Ofélia, só empregava mulheres, cozinheira, garçonete, arrumadeira, só mulher.

Pela manhã todas as funcionárias tomavam café com Dona Ofélia. Ela gostava de exibir seus conhecimentos, de mostrar que era mais culta que as empregadas.

"Ofélia, em inglês se escreve com ph, o-p-h-e-l-i-a. Ophelia é uma personagem da peça *Hamlet*, do famoso dramaturgo e poeta inglês do século XVII William Shakespeare."

Dona Ofélia soletrou letra por letra do nome. Depois continuou sua arenga: "É uma jovem da alta nobreza da Dinamarca, filha de Polonius, irmã de Laertes, e noiva do Príncipe Hamlet. Uma possível fonte histórica de Ofélia é Katherine Hamlet, uma mulher jovem que caiu no rio Avon e morreu afogada, em maio de 1579. Embora se tenha concluído que a jovem se desequilibrou em função do peso excessivo que carregava, os rumores da época indicavam que ela sofria de uma desilusão amorosa que a conduziu ao suicídio. É possível que Shakespeare se tenha inspirado nessa tragédia romântica na criação da personagem Ofélia. O nome Ofélia nunca fora usado antes dessa obra."

Todo dia, na hora do café com as empregadas, dona Ofélia se exibia. Ela era uma mulher feia, nunca tivera um amor na vida, eu sentia pena dela, mas suas falas matutinas eram cansativas, fastidiosas.

Se há algo que não suporto é gente exibida. Acabei pedindo demissão do restaurante.

Voltei para casa.

"Não aguentava mais aquela mulher", eu disse para o meu amor.

"Você não precisa trabalhar. Temos dinheiro no banco. Vamos fazer uma viagem."

"É uma boa ideia", eu disse.

"Mas primeiro vamos nos casar."

Nos abraçamos, nos beijamos e fomos para a cama.

Eu e Emília somos apaixonadas uma pela outra. Vamos nos casar. Ela quer adotar uma criança. Ou fazer inseminação artificial. Eu faço tudo que ela quiser. Já disse, eu a amo muito.

HOMENS E MULHERES

Eu tinha 14 anos. Meu pai era gerente de uma dessas lojas de shopping, minha mãe trabalhava como designer, e quando eu perguntava o que era isso, ela respondia que era essa coisa de idealizar, desenhar, criar e desenvolver roupas, calçados e acessórios, de acordo com as tendências do mercado. Devia ser muito complicado, pois ela passava o dia todo fora de casa.

Uma vez por semana, às vezes duas, vinha à minha casa uma mulher trazendo desenhos para a minha mãe. Um dia ela me perguntou:

"Quantos anos você tem?"

"Quatorze. E a senhora?"

"Não me chame de senhora. Eu só tenho vinte anos."

"Desculpe", eu disse.

"Como é o seu nome?"

"João", respondi.

"Eu me chamo Yasmin", ela disse, "é um nome que ficou na moda, por causa da televisão, tinha uma personagem com esse nome numa novela. Minha mãe é louca por televisão. O meu irmão se chama Igor, outro personagem de novela. Eu falei para minha mãe que Yasmin é um produto utilizado para prevenir gravidez e ela respondeu que eu não sabia o que estava dizendo, que fulana de tal, esqueci o nome da atriz, se chamava Yasmin numa novela de que eu também esqueci o nome. Odeio novela, tem seis novelas por dia em cada canal de TV, você sabia?"

"Não, senhora."

"Por favor, peço novamente, não me chame de senhora. Eu tenho só vinte anos."

Toda mulher fala muito, fala mais que qualquer homem. Minha mãe disse que a mulher é melhor do que o homem em tudo, eu acho que ela tem razão. Eu vejo na escola, as meninas são melhores do que nós em todas as matérias.

Yasmin passou a vir à minha casa, quer dizer, à casa dos meus pais, duas vezes por semana. Como sempre falava muito e eu escutava.

"João, eu estou com a ideia de me especializar em computação, em computação em nuvem. Os tempos mudaram (na velocidade da luz) e, hoje, engenheiros que saibam desenvolver aplicativos para dispositivos móveis e para a nuvem estão mais do que em alta no mercado. De acordo com os especialistas, cada vez mais buscam-se engenheiros com um bom background técnico e conhecimentos em *cloud computing*. Sabe o que é *cloud computing*? É a capacidade de computação infinitamente disponível e flexível.

A nuvem é tudo aquilo que fica por detrás da conexão. As preocupações com a largura de banda, espaço de armazenamento, poder de processamento, fiabilidade e segurança são postas de parte. Entendeu?"

Antes que eu respondesse, ela continuou falando, eu já disse que as mulheres gostam de falar. Minha mãe também é assim, na hora do jantar (nós jantamos todos juntos, eu, minha mãe e o meu pai, no almoço eu como a comida que a minha mãe prepara e deixa na geladeira, depois de aquecê-la, é claro), mas como eu dizia, na hora do jantar minha mãe fala sem parar e o meu pai e eu ficamos calados.

Um dia Yasmin chegou com uma cara muito esquisita. Ela normalmente usava calça jeans, mas nesse dia estava de saia.

Nesse dia, Yasmin pegou na minha mão e a enfiou por baixo da saia e me fez tocar numa floresta de pelos. Depois colocou o meu dedo numa abertura úmida, quente. Em seguida me abraçou, mexeu no meu pênis, que foi ficando duro dentro da calça, uma coisa que, confesso, foi trabalhosa e demorada, mas ele felizmente não deixou de ficar duro. Então ela introduziu o meu pênis na abertura quente, e ele foi apertado e lambuzado e eu...

Não vou entrar em detalhes. Fiquei apaixonado por Yasmin. Quando ela vinha na minha casa era sempre aquela coisa deslumbrante que fazia o meu amor cada vez aumentar mais.

Um dia Yasmin disse que a sua família ia se mudar para longe e nós não íamos poder nos ver mais. Choramos muito, eu e ela.

Eu pensava nela o dia inteiro, durante muito, muito tempo. Na verdade, acabei descobrindo depois, foi durante um mês no máximo.

Dez anos mais tarde, eu estava indo para a aula na faculdade de medicina quando uma mulher parou na minha frente, dizendo: "João, João."

Olhei para ela, mas não a reconheci. Seria uma colega da faculdade?

"Como é o seu nome?"

"Eu sou a Yasmin, João, Yasmin."

"Ah, desculpe, tenho uma péssima memória."

"João, durante esses anos todos não deixei de pensar em você um único dia. Eu te amo." Ela agarrou a minha mão com força.

Eu não sabia o que dizer.

"Estou muito atrasado, tenho uma reunião agora", menti, "me dá o seu telefone que eu ligo".

Anotei o telefone num papel. Me despedi e saí andando apressado.

Joguei o papel com o número do telefone na primeira lata de lixo que encontrei.

Eu não ia passar mais por aquela rua.

Aquela mulher pensou em mim durante dez anos.

Eu já disse que as mulheres são melhores do que os homens em tudo.

Até nas obsessões.

IGREJA NOSSA SENHORA DA PENHA

O nome dela é Etelvina. É católica (ela diz "sou católica, apostólica romana"), vai todo domingo à missa, entra naquela cabine em que o padre se esconde, confessa os pecados, recebe a hóstia.

Consultei a internet para ver o que era essa coisa.

Hóstia, para quem não sabe, é o termo usado para o pão consagrado pelo sacerdote ordenado, o presbítero ou bispo.

Na etimologia significa *hostiam*, que significa vítima. Jesus, a vítima de nós mesmos, seres humanos, para a remissão dos nossos pecados. O pão de maior significado litúrgico para o rito eucarístico é o pão ázimo. A produção do pão ázimo ainda é feita de forma artesanal em algumas localidades, mas já existem máquinas para facilitar o processo. A fabricação artesanal é realizada principalmente por religiosos, em geral em mosteiros, onde o corte pode ser feito com tesoura, uma a uma. No processo industrial, realizado por empresas privadas ou organizações religiosas, são produzidas hóstias de dois tamanhos: 3 centímetros de diâmetro, pesando 0,6 gramas, para os fiéis, e 7,8 centímetros, para os sacerdotes.

Como o número de católicos está diminuindo constantemente, esses fabricantes artesanais vão se trumbicar. Eu sou ateu, cético, enfim, não acredito em Deus, demônio, saci-pererê, praga de urubu, macumba, não acredito em porra nenhuma. Mas não digo isso para Etelvina, sou apaixonado por ela. Mas ela não me deixa tocar nela, nem beijar, nem nada, diz que é pecado, que "a imoralidade sexual é um dos pecados mais graves".

Um dia me ajoelhei aos pés de Etelvina e lhe disse:

"Meu amor, para poder beijar você eu faço qualquer sacrifício."

"Qualquer sacrifício?"

"Sim, sim, qualquer sacrifício."

Etelvina pensou um pouco e disse:

"Você subiria as escadas da Igreja Nossa Senhora da Penha de joelhos?"

"Sim, meu amor."

"Então, vamos no próximo domingo", ela disse. "São trezentos e oitenta e dois degraus. O sacrifício tem que ser solitário, me disse o padre da minha igreja quando fui confessar."

"Ele disse isso?"

"Disse."

"Então está bem."

Era uma quinta-feira. Consultei a internet novamente. Alguém pode viver sem a internet?

A Igreja Nossa Senhora da Penha de França, popularmente conhecida como Igreja da Penha, é um tradicional santuário católico localizado no bairro da Penha, na cidade do Rio de Janeiro, no Brasil. Erguida no alto de uma pedra, é famosa pelos 382 degraus da escadaria principal, onde muitos fiéis pagam promessas, subindo a pé ou de joelhos. O Santuário possui também um funicular, recentemente reformado, com capacidade para transportar cerca de quinhentas pessoas por hora, gratuitamente.

Trezentos e oitenta e dois degraus? De joelhos? Eu ia ficar aleijado. Quando me ajoelhei na frente da Etelvina, por apenas alguns minutos, os meus joelhos ficaram doendo. Trezentos e oitenta e dois degraus!

Domingo, bem cedo, quase de madrugada, Etelvina me acordou pelo telefone.

"É hoje", ela disse.

"Eu sei, meu amor. Vou subir de joelhos. Estou me vestindo."

Coloquei uma calça jeans americana autêntica, um tênis, uma camiseta de manga curta e peguei um táxi para a Penha. É um lugar muito longe, pelo menos eu tive essa impressão.

Quando cheguei à igreja, havia meia dúzia de gatos pingados pegando o tal funicular, uma cangalha que levava os crentes por um caminho com trilhos de ferro. Não vi nenhum crente subindo de joelhos, nem subindo a pé.

A igreja estava quase vazia. Li não sei onde que o número de católicos em nosso país diminui constantemente, só velhos e velhinhas frequentam a igreja. A da Penha estava assim, meia dúzia de velhas e velhos que subiram pelo tal funicular.

Voltei à casa de Etelvina por volta das quatro da tarde. Minha calça estava toda rasgada na altura dos joelhos. Etelvina olhou-me. Espantada? Surpresa?

"E os joelhos?", ela perguntou.

Eu havia esfregado com força uma pedra nos joelhos, que sangravam.

"Meu querido", disse ela me abraçando.

Dei um beijo na Etelvina. Depois outro. E mais outro. Etelvina me agarrou sofregamente e foi me levando para a cama.

Ela era virgem.

Agora Etelvina quer fazer sexo dia sim dia não.

Deixou de ser pecado? Foi o que o confessor dela disse.

NADA DE NOVO

1

Eu já contei aquela fase da minha vida que se encerrou com a morte da Kirsten, a mulher que eu amava, e a morte do meu velho amigo D.S. antigo colega do seminário, que eu mesmo matei, torturando, arrancando a língua — e como é difícil arrancar a língua de alguém, tive que puxá-la para fora da boca com um alicate, a língua cresceu trinta centímetros, creio que isso, mas não tinha fita métrica para medir a extensão; enfim, segurando o alicate com a mão esquerda e empunhando na direita um facão que achei na cozinha, decepei a língua, deu trabalho, mas também deu muito prazer. Depois, para ter certeza de que eu o havia matado, peguei a minha Glock .45, sempre ando com a minha Glock .45, e dei dois tiros com projétil de ponta oca na cara do D.S. Em seguida, com o facão, cortei suas carótidas. Então, embebi o corpo dele com a gasolina que encontrei em dois bujões na garagem e toquei fogo. Aliás, toquei fogo na casa inteira, que ficou ardendo com o corpo de D.S. e o de seus capangas que eu havia matado. Eles iam virar torresmo.

Eu e o D.S., ambos tínhamos sido seminaristas e gostávamos de exibir o nosso conhecimento dos clássicos falando frases em latim. Eu até pensava frases inteiras em latim. Agora não digo uma, nem mesmo uma única palavra em latim. Também só tenho um amigo, o Ismael, e eu brinco com ele perguntando: "como vai a Moby Dick?"

Vivo uma fase de tristeza e luto pela mulher amada.

Decidi abandonar a minha profissão de assassino profissional, mas isso não aconteceu.

Eu estava no restaurante de um hotel chique, o Belmonte, jantando, quando um velho encarquilhado se aproximou da minha mesa e perguntou, gentilmente:

"Posso me sentar? Tenho algo a lhe dizer, algo importante para o senhor."

Fiz com a mão um gesto aquiescente.

O velho sentou-se, com alguma dificuldade. Suas roupas eram de boa qualidade, seu rosto era enrugado como uma passa velha de uva velha, mas os seus olhos me perscrutavam atentamente.

"Qual é o assunto?", indaguei.

Nesse instante um homem baixo, malvestido, um sujeito raquítico, fingindo que era forte — talvez até ele acreditasse naquela empulhação —, um verdadeiro bigorrilho, surgiu inesperadamente, colocou a mão no ombro do velho e disse:

"O senhor está atrasado para o seu encontro."

Percebi que a carne, ou os ossos, do velho se haviam enrijecido. Ele levantou-se, a mão do sujeito ainda no seu ombro, e disse:

"Conversaremos em outra ocasião."

Os dois se afastaram.

Chamei o garçom e perguntei:

"Você conhece esses dois indivíduos que estavam na minha mesa?"

"Só um deles, o Comendador Jorge. Ele costuma se hospedar no hotel. O outro, aquele, aquele... não sei quem é, não é o tipo de pessoa que..."

O garçom calou-se, fazendo cara de nojo.

"Qual é o sobrenome do Comendador Jorge?"

"Não sei. Posso perguntar à recepcionista."

"Muito obrigado. Eu mesmo farei isso."

A recepcionista, uma mulher gorda e saudável, devia comer todos os acepipes que o hotel servia, vestida com um tailleur de seda, disse-me que o Comendador Jorge pertencia ao clã dos Terebentino, uma família de latifundiários muito importante.

Eu tenho a mania de ficar revoluteando nomes e ideias na cabeça, e pensei em terebintina, um óleo que pode ser utilizado como anestésico local, para aliviar dores reumáticas, artrite, bursite... O Comendador certamente precisava fazer jus ao nome.

"Em que quarto o Comendador Terebentino está?"

"Quarto? Quarto? O Comendador está na suíte Inês de Castro. No terraço."

Peguei o elevador. Saltei no terraço. A porta da suíte Inês de Castro, que nome mais idiota, suíte Inês de Castro, depois soube que o hotel era de um português que enriquecera fazendo vinhos de uvas do Mondego e comprara o estabelecimento onde eu estava, pois costumava passar o inverno de Portugal em nosso país, mas como eu dizia, a porta da suíte Inês de Castro estava entreaberta.

Tirei a Glock com silenciador do bolso e entrei à socapa e à sorrelfa.

O bigorrilho tinha um Colt .38 ordinário na mão, apontado para a cabeça do Comendador. Dei um tiro na cabeça do pilantra e outro na cabeça do Comendador. Em seguida, com a câmera do celular, tirei uma foto de cada um dos dois. Ele, o Comendador Terebentino, era o serviço para o qual eu fora contratado. Mas logo me arrependi de matar o Comendador. Fazer o serviço com rapidez era um erro que eu cometia sempre. O Comendador queria me falar de um assunto importante, mas agora era tarde, Inês estava morta.

Fiquei pensando na Inês, a de Castro, no Infante Pedro, filho de D. Afonso IV, rei de Portugal. Já disse várias vezes que gosto de ler, literatura, história, filosofia e principalmente poesia, sempre que viajo carrego livros na pasta, e aluguei uma sala no Centro só para guardar meus livros.

Ainda sobre Inês de Castro, vejamos o que diz a internet: o Infante Pedro casou-se por procuração com Constança Emanuel, uma nobre castelhana. Entre as damas de companhia de Constança estava Inês de Castro, uma mulher lindíssima, filha de um poderoso fidalgo galego. O príncipe se apaixonou pela aia e ela correspondeu ao sentimento. Assim, os dois iniciaram um romance adúltero. Se hoje em dia adultério é motivo de escândalo, imagina em 1339. Em 1344, D. Afonso exilou Inês de Castro em Albuquerque, na fronteira da Espanha. Constança Emanuel morreu um ano depois, ao dar à luz o segundo filho, D. Fernando de Portugal. O Infante Pedro mandou trazer Inês de Castro de volta e os dois foram morar em Coimbra, num palácio perto do Mosteiro de Santa Clara. De 1346 a 1354, Inês teve quatro filhos de Pedro, que se recusava a casar com outra nobre. Os filhos ilegítimos de Inês eram claramente uma ameaça ao herdeiro legítimo ao trono, D. Fernando. Em 1355, o Rei D. Afonso IV cedeu à pressão dos fidalgos portugueses e mandou matar Inês de Castro. No dia 7 de janeiro de 1355, aproveitando que Pedro estava viajando numa caçada, três homens — Pêro Coelho, Álvaro Gonçalves e Diogo Lopes Pacheco — emboscaram Inês nos jardins onde ela e Pedro costumavam se encontrar e assassinaram a mulher friamente. Quando Pedro voltou da caça e descobriu o que havia ocorrido, pai e filho entraram num conflito armado que durou meses, até que a intervenção da Rainha selou a paz entre os dois. Dois anos depois, D. Afonso IV morreu e D. Pedro I foi coroado como o oitavo rei de Portugal. D. Pedro I mandou caçar os três homens que mataram sua amada. Encontrou dois deles e os assassinou, mandando que arrancassem o coração de um pelo peito e o de outro pelas costas. Dizem que D. Pedro comeu o coração de um dos assassinos. Mais tarde, D. Pedro disse que havia se casado secretamente com Inês de Castro e mandou construir túmulos magníficos no Convento de Alcobaça, com as sepulturas uma de frente para outra, de forma que, quando despertassem para o dia do juízo final, pudessem se olhar frente a frente. Antes de colocar o corpo de D. Inês no novo túmulo, D. Pedro I colocou o cadáver da amada no trono e obrigou a nobreza portuguesa (sob pena de morte) a realizar a cerimônia de beijar a mão da Rainha morta.

Chega de Inês de Castro. Não sei se já disse que sou prolixo. E um prolixo escrevendo no computador torna-se profuso. Não, o que eu disse é que gostava de ler, principalmente poesia. Por falar nisso vou encerrar o assunto, definitivamente, citando um trecho, com a grafia original da época, de *Os Lusíadas*, de Camões, um dos maiores poetas da língua portuguesa:

> Estavas, linda Inês, posta em sossego,
> De teus anos colhendo doce fruito,
> Naquele engano da alma, ledo e cego,
> Que a Fortuna não deixa durar muito,
> Nos saudosos campos do Mondego,
> De teus fermosos olhos nunca enxuito,
> Aos montes ensinando e às ervinhas
> O nome que no peito escrito tinhas.

Agora basta, como sempre, meus pensamentos são copiosos, cansativos, computadorizados. Como dizia o meu pai, macacos me mordam! Se essas minhas palavras fossem de um livro de ficção diriam que eu estava "enchendo linguiça", mas são apenas detalhes de acontecimentos que jamais serão escritos e que ficam revoluteando dentro da minha cabeça, na tela do computador (nunca desligo essa geringonça, ele tem um sistema automático, um tal de APC, que interrompe ou diminui o consumo de energia), uma penca de imagens, palavras, uma espécie de desenho animado surrealista, o certo é que para poder dormir à noite tenho que tomar esses comprimidos tarja preta em doses cavalares.

Mas não quero falar da minha insônia ou de que nome tenha essa coisa, quero falar do Comendador Terebentino.

Eu não sabia o nome do Despachante, este é o apelido que dei à pessoa ou às pessoas ou organização ou seja lá o que for, que me paga certa quantia de dinheiro para aniquilar — não quero usar o verbo que começa com a letra M, no tempo da Kirsten descobri... Chega, não quero falar sobre o passado, quero esquecer o passado, por isso nem faço, como costumava, citações em latim, como o crápula do D.S., que também tinha sido seminarista, como eu. Mas o Despachante manda um e-mail, em que o remetente não é identificado, com a foto, o nome e os endereços onde posso achar o "objetivo", é assim que o Despachante denomina a pessoa que vou...vou, porra, que eu vou matar.

Em um pacote entregue por um motoqueiro, vem o adiantamento em dólares, notas de cem novíssimas.

Dizem que a filosofia é a ciência do *porquê*. Na verdade, é importante para filósofos, cozinheiros, assassinos profissionais, pedreiros, lixeiros, o *porquê* é importante para todas, repito TODAS as pessoas, não importa a profissão, a idade, o sexo.

Eu também tinha os meus *porquês*.

1 — Por que o pé-rapado do Colt queria matar o Comendador? Depois de eliminá-lo com a minha Glock revistei seus bolsos e ele tinha apenas algumas notas de pouco valor. Eu havia recebido um adiantamento, muito dinheiro, para fazer aquele serviço, e o bestalhão estava fazendo de graça? Ou por quê?

2 — Por que o Comendador subiu com o babaquara do Colt para a suíte Inês de Castro?

3 — Por que estou preocupado?

4 — Por que eu me sentia esfalfado?

Os *porquês* são sempre uma interrogação.

Respostas:
1 — Não sei.
2 — Não sei.
3 — Não sei.
4 — Não sei.

E para que eu preciso obter respostas a essas indagações? Lembro que no colégio chamávamos de xeretas os colegas que queriam saber coisas da vida dos outros. Eu me tornara um xereta. Não interessa por quê, o quê, quando, quem, o Comendador Terebentino, a Inês de Castro, o paspalhão do Colt .38 etc., isso só serve para o fabricante do remédio de tarja preta que tenho de tomar para dormir.

> O mistério da morte do Comendador Terebentino
>
> A polícia continua procurando um suspeito que teria visitado o Comendador no hotel Inês de Castro onde ele se hospedara. A recepcionista do hotel Margarida Borges disse que um homem de cerca de quarenta anos fora à suíte onde o Comendador estava hospedado. Foi feito retrato falado ou imagem do indivíduo, conforme as informações da recepcionista etc.

O jornal havia publicado o meu retrato falado. Estava um pouco parecido comigo e com mais um milhão de pessoas. Fiquei tranquilo, quer dizer, calmo, imperturbável eu nunca ficava, a definição certa é menos tenso.

Fui para o computador e acessei a internet. Galeria de fotos. Revi as fotos de todos os sujeitos que o Despachante... Só homens, eu não mato mulher, o Despachante sabe disso. Nem nos tempos antigos eu fazia isso — chega de falar no tempo antigo! Chega! Que inferno! Macacos me mordam!, como dizia o meu pai.

Decidi que não ia continuar fazendo os... os... os serviços do Despachante.

Não demorou muito e chegou pelo correio um envelope com as fotos, os endereços e o nome do alvo.

Nome: Volney Abranches.

Endereço: hotel Belmonte, o mesmo do Comendador Terebentino.

O pacote com o dinheiro foi entregue pelo motoqueiro no mesmo dia.

Nessa noite, para poder dormir tive que dobrar a dose de pílulas da caixa de tarja preta. Antes, evidentemente, tentei satisfazer o meu outro vício, internet.

Belmonte, que fica a 300 quilômetros de Lisboa, é considerada a cidade mais brasileira de Portugal. Foi lá que nasceu o descobridor do Brasil, Pedro Álvares Cabral. A cidade fica no alto do morro, ao pé da Serra da Estrela, na região central de Portugal.

Das pedreiras da região veio a matéria-prima para as casas, que formam um dos mais lindos conjuntos arquitetônicos das aldeias históricas de Portugal.

A pequena vila ainda conserva o mesmo aspecto de quando nasceu, há quase mil anos. Belmonte foi o principal refúgio dos judeus portugueses durante a Inquisição. Na pequena sinagoga, o rabino defende uma tese ousada e que nenhum historiador ainda confirmou: a de que Cabral era judeu.

O grande orgulho da cidade são os nomes das ruas. Tudo faz referência ao Brasil. A pequena aldeia se transformou em um grande museu para celebrar a descoberta do Brasil. A história que une Portugal ao Brasil está nas ruas e nas igrejas.

A cidade também tem uma rede de museus que fala da qualidade de riquezas da região, como o azeite. Contudo, o principal museu é o do descobrimento do Brasil.

Mesmo tendo ingerido aquele monte de pílulas de tarja preta, eu dormi mal. Vá para o inferno, pensei. Como disse Freud, isso na verdade quer dizer "Que a morte o leve!", em nosso inconsciente, é um desejo sério e vigoroso de morte. Sim, o nosso inconsciente mata inclusive por ninharias; como a antiga legislação ateniense de Draco, não conhece outro castigo senão a morte, e isso com certa coerência, pois cada ofensa ao nosso todo-poderoso e soberano Eu é no fundo um crime de lesa-majestade. De modo que também nós, se formos julgados por nossos desejos inconscientes, somos um bando de assassinos, tal como os homens primitivos. É uma sorte que todos esses desejos não tenham a força que ainda lhes atribuíam os homens da pré-história; no fogo cruzado das maldições recíprocas a humanidade já teria há muito perecido, não excluindo os melhores e mais sábios dos homens e as mais belas e amáveis entre as mulheres. Ainda quem está falando é o Sigmund, nosso inconsciente é tão inacessível à ideia da própria morte, tão ávido por matar estranhos, tão dividido (ambivalente) em relação à pessoa amada como o homem das primeiras eras. Mas como nos afastamos desse estado primevo em nossa atitude cultural-convencional diante da morte! Todo homem é um assassino. Eu era um homem comum.

Eu me preparei para ir ao Belmonte, não queria ser identificado por aquela recepcionista gorducha. Coloquei um bigode falso e clareei os cabelos das têmporas. Pus uns óculos em cuja armação não havia lentes, apenas vidros transparentes.
Olhei meu rosto no espelho. Eu era outra pessoa, a gordinha não ia me reconhecer.
Chegando ao Belmonte fui à portaria. A recepcionista era outra mulher, uma magrela.
"Por favor, eu gostaria de falar com o senhor Wolney Abranches."
"Um momento, por favor."
A magrela consultou o visor à sua frente.
"Wolney Abranches... Ele está na suíte Inês de Castro."
Macacos me mordam!, pensei. Minha cabeça ficou revoluteando, peguei o celular no bolso e pesquisei: coincidência é o termo utilizado para se referir a eventos com alguma semelhança, mas sem relação de causa e consequência. Por exemplo, jogar uma moeda não viciada e obter três caras consecutivamente é uma coincidência, não existe relação de causa e efeito entre o resultado anterior e o próximo resultado. Quando muitos eventos ocorrem simultaneamente é esperado que ocorram muitas coincidências também. Pode ser apenas resultado de uma sincronicidade. Em estatística, identificar significados para eventos coincidentes é considerado um erro do tipo I ou resultado falso positivo. O ser humano tem uma tendência natural a identificar padrões que não existem e fornecer significados conhecidos

cientificamente como apofenia ou pareidolia. Diversos eventos paranormais e religiosos são baseados em coincidências, especialmente quando lidam com grandes números, pois quanto maior a amostra e o número de opções, maior a chance de coincidências impressionantes acontecerem. Na psicologia, ações baseadas em interpretações de coincidências são chamadas de comportamento supersticioso. Já na abordagem da psicologia analítica de Carl Gustav Jung, as coincidências são chamadas de sincronicidades e podem ser vistas como eventos relacionados que possuem um significado simbólico. Estatisticamente é muito difícil comprovar que existe uma relação causal entre duas variáveis, pois correlação não significa necessariamente causalidade. São necessários testes empíricos para chegar a uma conclusão de causa e efeito e nem sempre isso é possível.

"Suíte... su... suíte Inês de Castro?", perguntei, balbuciei para a magrela.

"No terraço", respondeu a moça.

Sentei numa poltrona da sala de espera e fiquei respirando fundo, segurando o celular, passando distraído a mão no bigode falso que comecei a arrancar, mas, felizmente, percebi que estava à beira de ter um surto, uma crise psicótica. Para minha sorte, trazia no bolso as minhas pílulas de tarja preta e engoli um monte delas.

Senti alguma coisa, alguém tocando no meu braço, uma voz dizendo:

"Cavalheiro, cavalheiro, o senhor está se sentindo bem?"

Eu havia sofrido uma lipotimia, uma perda brusca de consciência, devido à quantidade de pílulas de tarja preta que engolira sofregamente e quase caíra da poltrona.

"Estou bem, estou bem", disse ajeitando-me na poltrona.

Levantei-me um pouco tonto e dirigi-me ao elevador.

Saltei no terraço. A porta da suíte Inês de Castro estava fechada. Acariciei a minha Glock .45, com projétil ponta oca e silenciador, que estava enfiada no cinto da calça, sob a camisa.

Toquei a campainha.

Abriram a porta.

"Estou procurando o senhor Wolney Abranches."

"Sou eu", disse o anão à minha frente.

Macacos me mordam! O Despachante não dissera que o alvo era um anão. Eu não mato mulher nem anão. Será que o Despachante não sabe disso? O antigo, o... Chega, não quero pensar nisso.

"Faça o favor de entrar", disse o... o senhor Wolney.

Entrei. Estava me lembrando do anão, ou melhor, da namorada que esperava por ele e em quem dei uma coronhada na cabeça. Ela caiu no chão, era uma mulher normal, disse que estava esperando o David. O David era a minha tarefa, e quando ele entrou eu vi que era um anão. Mandei os dois, a mulher e o David, fugirem para bem longe. Arre diabo!, estou lembrando agora, matei um anão e coloquei dentro de uma mala. Não, não, essa história do anão dentro da mala não aconteceu comigo, estou misturando as bolas, nunca matei um anão, nunca! A memória é minha inimiga. Eu tinha de matar era o Despachante.

"Meu nome é Wolney Abranches", disse o anão fazendo uma espécie de salamaleque.

Entrei. Sentei na primeira poltrona que encontrei, ou melhor, caí na primeira poltrona que encontrei. Tirei o frasco com as pílulas de tarja preta e engoli duas. Depois tirei do cinto a Glok .45 com silenciador.

"Senhor Wolney, fui contratado para matar o senhor. Poderia me esclarecer um aspecto dessa incumbência?"

O anão, quero dizer, o senhor Wolney, me olhou com um ar aparvalhado. Pareceu até ter diminuído, ter perdido uns cinco centímetros de altura.

"O senhor tem algum inimigo?"

Aparvalhado. Aparvalhado.

"Como o senhor ganha dinheiro?"

"Eu..."

"Sim. O senhor..."

"Meu pai era milionário, morreu e eu fiquei, quero dizer, herdei..."

Nada de salamaleques, ele estava nervoso.

"Vou perguntar novamente: o senhor tem algum inimigo? Quero descobrir os meandros dessa teia, como diria Agatha Christie."

Aparvalhado. Aparvalhado.

Levantei-me, dei uma vasculhada na suíte. Era mesmo principesca, inescastriana (acabei de inventar esse adjetivo). Na enorme geladeira encontrei garrafas de todos os tipos, além, é claro, de muitos outros ingredientes. Peguei uma garrafa de água mineral francesa. Depois, dois copos. Voltei para a sala.

O an... senhor Wolney continuava sentado na poltrona, menos embasbacado. Enchi os dois copos com a água mineral. Dei um dos copos para o... senhor Wolney. (Estou tentando evitar chamá-lo de anão.)

Ele bebeu alguns goles de água.

De volta à internet (já disse que sou viciado em internet). De acordo com a lenda, em 218 a.C., Hannibal estava viajando com seus soldados a caminho de Roma e, após cruzar a Espanha, montou acampamento em um local que posteriormente ficaria conhecido como Les Bouillens. Neste local havia uma fonte de água borbulhante que os soldados acharam particularmente refrescante. Tal fonte ficou famosa e é citada em diversos momentos ao longo da história. Em 1894, as terras onde a fonte estava localizada foram arrendadas para um médico de Nîmes, Dr. Louis Perrier, que quatro anos depois estava vendendo a água da fonte e seus benefícios numa época dominada pelo vinho.

Como eu estava dizendo, o senhor Wolney bebeu alguns goles da água mineral Perrier.

"Não tenho inimigos. Não, não..."

O inimigo desconhecido é pior que o inimigo conhecido, alguém disse isso. Vou pesquisar na internet mais tarde.

Eu tinha que fazer o que fiz anteriormente, identificar o mandante, fazer com ele o que fiz com D.S., meu antigo amigo depois inimigo do seminário.

"Ah, me lembrei agora. O Ramiro Silva perdeu uma ação de paternidade, ele queria provar que era filho do meu pai com a mãe dele para ficar com parte do dinheiro do meu pai, mas o exame do DNA não confirmou", disse o anão coçando a cabeça.

"E o senhor sabe aonde ele mora?"

"Sei."

"Então me diz."

O ana... senhor Wolney me deu o endereço. Anotei na caderneta que sempre carrego no bolso.

Ao me despedir, disse ao anão que fizesse as refeições dentro do quarto, não saísse nem para dar uma volta no corredor, não atendesse ninguém e me esperasse voltar.

Fui ao local indicado pelo anão. Era um prédio na praia. Esses edifícios à beira-mar são sempre chiques, chiques, no sentido de elegantes, requintados, não confundir com o inseto sifonáptero, da família dos tungídeos, o xiquexique, conhecido como bicho-do-pé.

Ramiro Silva morava na cobertura.

Eu disse ao porteiro que ia visitar o senhor Ramiro Silva, que era um amigo do irmão dele.

Subi. Toquei a campainha.

Um anão abriu a porta.

"O senhor Ramiro Silva está?", perguntei.

"Sou eu", ele disse.

"Fui contratado para matar o seu irmão Wolney", eu disse.

"Matou?"

"Não."

"Não? Não? Não? Eu paguei uma fortuna. Aquele desgraçado..."

"Por que o senhor queria matar o seu irmão?"

"O desgraçado ficou com a maior parte do dinheiro do meu pai."

"O senhor é rico. Não precisa de mais dinheiro."

"Esse dinheiro eu herdei da minha mãe, dinheiro que ela herdou do outro marido."

A mãe do anão Ramiro era uma trambiqueira.

"Como disse aquela duquesa, dinheiro nunca é demais", disse o anão.

"Mas gordura é sempre demais, o senhor está muito gordo."

"Gosto de comer. Isso é pecaminoso?"

"Faz mal à saúde. Comer faz mal", eu disse.

"Passar fome é pior", ele disse.

"Quem foi a pessoa que o senhor contratou para que eu matasse o seu irmão?"

"Não posso dizer."

Tirei a Glock .45 com silenciador do bolso e encostei na cabeça dele. O senhor Ramiro Silva tinha o corpo pequeno, mas cabeça grande.

Já disse como eu recebia as minhas incumbências mortais. Eu não sabia quem era o Despachante.

Amedrontado, o senhor Ramiro Silva disse o que eu queria saber.

Dei um tiro na cabeça do anão. Afinal, eu tinha matado um anão!

O Despachante era o meu único amigo, Ismael.

Eu ia ter que matar o meu único amigo.

Como está no Eclesiastes: *nihil novi sub sole*.

Macacos me mordam.

2

Liguei para o Ismael. Minha cabeça conflituosa, acelerada e expansiva pensou em Melville, na baleia, no capitão com a perna esquerda de pau, em barcos movidos pelo vento nas velas, em Fernão de Magalhães, no Cabo da Boa Esperança, no Oceano Pacífico, na batalha de Alcácer Quibir, nos portugueses, liderados pelo rei D. Sebastião, invadindo Marrocos, no aprisionamento ou na morte da nata da nobreza portuguesa, na crise dinástica de 1580, no nascimento do mito do Sebastianismo… Teve uma época em que eu dizia que o meu sobrenome era Kibir… Chega. Macacos me mordam.

"Alô."

"Ismael?"

"José Joaquim?", ele perguntou.

"Sim, sou eu", respondi. "Preciso falar com você."

"Eu vou aí ou você vem aqui?"

"Eu vou aí", respondi.

Coloquei a Glock .45 com silenciador no bolso e fui para a casa do Ismael.

Ele morava em um enorme prédio em frente à praia. Todo mundo gosta de morar olhando o mar. Mar é um grande corpo de água salgada cercado por terra em parte ou em totalidade. Mais amplamente, o mar com o artigo definido é o sistema interconectado de águas dos oceanos, considerado um oceano global ou o conjunto das várias divisões oceânicas principais. Ele modera o clima da Terra e desempenha importante papel nos ciclos hídrico, do carbono e do nitrogênio... Chega, chega, macacos me mordam.

Toquei a campainha. Ismael abriu a porta.

Entrei. Fechei a porta. Tirei a Glock do bolso e encostei o cano do silenciador na sua cabeça.

"Nunca pensei que você fosse o Despachante. Vou matar você, sinto muito."

Ismael me olhou apalermado. Incrível, não eram apenas os anões que ficavam apalermados. Todo mundo é parvo, como diria, sei lá quem, mas alguém disse ou escreveu isso.

"O que é que eu sou?"

"Despachante."

"O que é isso? Despachante?"

"Você indica quem deve ser morto; o Ramiro Silva contou tudo antes de eu lhe dar um tiro na cabeça com esta Glock .45."

"Ramiro Silva? Quem é esse cara?"

"Não se faça de bobo, Ismael. Ele disse: 'o Despachante é o Ismael.' Eu só conheço dois Ismaeis neste mundo: você e o do Melville."

"Eu também conheço dois. O Ismael Silva, sabe, aquele cantor?"

Com a Glock .45 apontada para sua cabeça, ele começou a cantar:

"Se você jurar, que me tem amor, eu posso me regenerar..."

"Cala a boca", gritei encostando a ponta do silenciador na cabeça dele.

Confesso que eu estava perturbado. Aquele Ismael era diferente do Ismael que eu conhecia.

"Zé, você quer um cheirinho da loló? Eu mesmo faço, éter é fácil de achar, mas clorofórmio é mais complicado. Eu gosto de coca, mas ando meio sem grana desde que perdi o meu emprego."

O meu Ismael não podia ser despachante de coisa alguma. Coloquei a Glock .45 com silenciador de volta no cinto, sob a camisa.

Pela primeira vez observei a sala onde estava. Quem foi que disse que "o mundo é um ser em mutação constante e que é preciso ver o que me cerca, saber o que sinto diante do que vejo... Mundo vasto mundo, se eu me chamasse Raimundo..." Chega! Chega! Macacos me mordam.

A sala estava em péssimo estado. Os quadros da parede haviam sumido, os tapetes persas estavam rotos, os sofás... O pobre-diabo do Ismael havia perdido o emprego, ou melhor, a diretoria que ocupava numa importante firma de engenharia devido ao vício. Nem dinheiro para cocaína o Ismael tinha.

Eu estava num beco sem saída? Como disse o Charlie, "as circunstâncias se tornaram um beco sem saída, orgulho te traiu e te jogou no chão e as cicatrizes dessa história mal escrita se converteram no aprendizado da reconstrução..." Chega de divagações, caramba, esse meu cérebro computaplex é horrível, mas como disse o Asimov "nunca revele o resultado de uma verificação no Computaplex".

Saí da casa do Ismael, que permaneceu no sofá roto com o cheirinho da loló, e fiquei andando pela rua, no escuro total, pois a cidade é muito mal iluminada. Ismael é um nome raro, se ele se chamasse José ou João seria um problema.

Cheguei em casa e peguei a lista telefônica. Além de defasada, ninguém mais tem telefone plugado na parede, atualmente todo mundo tem celular e coisas portáteis que podem ser levadas de um lado para o outro. A lista telefônica não coloca os antropônimos, o nome de batismo, Ismael era nome de batismo, o prenome; o nome de quem vem em ordem alfabética na lista é o sobrenome, e qual seria o do Ismael? Eu estava ferrado. Ferrado. Era um escravo da ignorância. Devia ser marcado com um ferro em brasa, marcar a pele dos escravos com ferro em brasa era uma prática bastante comum durante o período de escravidão no Brasil. Assim como o gado, o negro era tratado como propriedade passível de marca de identificação. O pior é que havia base jurídica para justificar a marcação de escravos com ferro quente. Estavam nas Ordenações Filipinas Portuguesas, que vigoraram no Brasil de 1603 até a chegada do Código Civil Brasileiro, em 1916. Nelas, os escravos e os animais eram tratados sem distinção. O senhor tinha direito, por exemplo, de "enjeitar [rejeitar] os escravos e bestas por doença ou manqueira, quando dolosamente vendidos". Nem a Constituição de 1824, que proibia açoites, tortura, marcas de ferro quente e todas as penas cruéis aplicadas aos escravos, surtiu efeito nesse caso. Nem as crianças foram poupadas. Há relatos de escravos com dez anos já com marcas da violência na pele. A carne queimada indicava a quem eles pertenciam. Era um mecanismo de controle cruelmente eficiente. Os jornais da época traziam uma seção denominada "Escravos fugidos", em que descreviam o sujeito capturado e as iniciais.

> Os "carimbos" podiam variar de acordo com o gosto do comprador. Alguns preferiam na coxa, outros nos braços, no ventre, no peito e até no rosto. As marcas podiam ser letras, flores, símbolos ou sinos. Alguns dos que eram obrigados a se converter à religião cristã recebiam como recompensa um ferro incandescente em formato de cruz no peito. Os escravos fujões ou aqueles que se rebelavam com frequência podiam receber uma nova marca, às vezes na testa, para tornar pública a insubordinação.

Eu me sentia ferrado, enjeitado, rejeitado, carimbado. Fui para o quarto, passei em frente a um espelho e vi um negro me olhando. Era eu, eu virara um negro, retinto. Macacos me mordam. Apanhei no bolso o frasco com as pílulas de tarja preta e as enfiei no bucho. Caí na cama e encornei.

Acordei pensando no Ismael. Então lembrei-me do detetive Vasquez, ele fora muito bom para mim, num caso que não quero recordar agora.

Achar um policial é fácil. Ele estava trabalhando numa delegacia da Zona Sul.

Vasquez me recebeu com um abraço.

Depois que falei o que tinha de falar, Vasquez respondeu:

"Ismael? Ele troca de nome, mas sempre com o final *el*. Já foi Gabriel, Misael, Miguel, Manoel... Passa aqui depois de amanhã que eu vou investigar."

Fui para casa. Tarja preta. Insônia. Tarja preta. Tarja preta.

Dois dias de espera angustiosa até que Vasquez me telefonou.

"Achei. Eu sabia que ele era fã do Michael Jackson e que mesmo depois de morto não deixou de ter os seus admiradores fanáticos. Mas ele escreve Maiquel. Descobri onde ele mora. Vou pegar o bandido e trancafiar. Quer vir comigo?"

Não fui. Tarja preta. Tarja preta.

No dia seguinte o Vasquez me telefonou.

"Eu me enganei. O Ismael, Gabriel, Misael, Miguel, Manoel, Maiquel morreu há dois anos. Antes de morrer estava gagá, ficou um tempão biruta e bateu as botas."

Macacos me mordam! Eu estava no mato sem cachorro. Fodido em copas. Não sabia o que fazer. Desistir?

Então me lembrei de Baticum. Ele era um gigolô, mas não era cafifa, cafifa vive às custas da mulher puta, Baticum vivia às custas de uma mulher que trabalhava como garçonete num restaurante bem frequentado, onde ganhava boas gorjetas.

"Vasquez, você conhece um cara chamado Baticum?"

"Baticum? Baticum? Isso é nome de macumbeiro."

"O nome dele vem de uma música africana, posso lhe dizer a letra, sei de cor: acocha malungo baticum gererê.../ que saudade dos terreiros/ onde eu ia assistir pai Timbó trabalhar!/ Era lindo ouvir negros entoando/ cantigas de umbanda e ver pai Timbó, saravá!/ Saravá!/ Isquidum borogundá! saravá!/ Isquidum borogundá! saravá!"

"Chega, chega, não quero ouvir toda essa cantilena, você tem uma memória de elefante e usa e abusa dela", disse Vasquez.

"Vasquez, ele não é macumbeiro. Baticum é apelido. O nome dele é João Meireles. Ele é dentista. Pode ter informações úteis."

"Então vamos lá falar com ele."

Eu e Vasquez ficamos na sala de espera do consultório até que João Mendes nos atendeu. Ele havia engordado muito, estava com uma papada enorme, parecia outra pessoa. Depois das saudações de costume e de eu ter apresentado o Vasquez, como um amigo de confiança, eu disse:

"Preciso lhe fazer uma pergunta."

"Claro."

"Você chegou a conhecer o Despachante?"

João Mendes me olhou assustado, e depois apontou um dedo para Vasquez.

"Já disse que ele é de confiança."

João Mendes esfregou a boca com a mão esquerda. Ficou calado, olhando para o chão.

"Olha aqui, Baticum, eu sei que você liquidou muita gente, quero saber como pôde abandonar o serviço, entendeu? E quem é o Despachante."

João Mendes resmungou umas palavras que não entendi.

"Fala direito, porra!"

"Ele vai me matar, ele vai me matar."

"João, João, eu mato esse filho da puta antes. Quem é ele? Diz logo, quem é ele."

João aproximou a boca do meu ouvido e falou.

Confesso que fiquei surpreso, muito surpreso, desconcertado, abalado, atônito, perplexo, chocado com o que acabara de ouvir. O Despachante era padre na Igreja Nossa Senhora da Penha, que fica no alto de um morro, com uma escadaria de 382 degraus, que uns fiéis sobem a pé e outros de joelhos. A fé é uma espécie de loucura. O D.S. ia ser padre, eu também... Chega, não quero pensar nisso.

Subi por um funicular, que não cobrava pelo transporte.

Assisti à missa. Depois disse que queria me confessar com o Monsenhor Mendes. Todos sabiam que ele morava na cobertura de uma praia da Zonal Sul, que era rico, muito rico, mas a sua devoção à Nossa Senhora da Penha o mantinha como prelado naquela igreja. Diziam que seria nomeado bispo ainda naquele ano.

Entrei na cabine do confessionário. Por uma grade eu conseguia ver parte da cabeça do Monsenhor Mendes.

"Sim, meu filho...", ele disse.

Tirei do cinto a Glock .45 com silenciador e bala de ponta oca.

"Monsenhor Mendes... ou devo chamá-lo de Despachante?"

Por trás da grade do confessionário, vi que ele olhava assustado tentando ver o meu rosto.

"Quem é você?"

Resolvi encerrar logo aquele confronto, acareação, enfrentamento ou o que fosse. Enfiei o cano da Glock com silenciador numa abertura da grade e dei um tiro na cabeça do Monsenhor Mendes, ou melhor, do Despachante. Ponta oca na cabeça destrói o cérebro, abre quando entra e faz um estrago dos demônios.

Saí do confessionário e me dirigi calmamente para a saída da igreja. Desci pelas escadas, não de joelhos, é claro. Não sei bem o que estava sentindo.

Macacos me mordam.

NOEL

Nasci na Vila, e, como diz o Noel, "quem nasce lá na Vila nem sequer vacila ao abraçar o samba". Mas o meu pai odiava samba, só gostava de ouvir ópera em discos de vinil arranhados, numa vitrola velha. A minha sorte é que no botequim que ficava perto, quer dizer, não muito perto, mas eu chegava lá andando no máximo em meia hora, às vezes um pouco mais, mas não muito, no botequim, que era conhecido como "Buteco do Véio", o dono, que se chamava Noel, era velho, uma idade indefinida, entre 60 e 80, ou mais, ou menos, não sou bom em ver a idade das pessoas, mas no "Buteco do Véio" eu conheci Samanta. As mesas estavam ocupadas e Samanta entrou. Cavalheirescamente me levantei e ofereci a ela um lugar na minha mesa, na qual apenas eu estava sentado. Ela agradeceu e sentou-se.

"Meu nome é José", eu disse.

"O meu é Samanta", ela respondeu.

Uma mulher bonita, não sei de que idade, entre 20 e 40, algo assim.

"José, em hebraico, significa o descobridor das coisas ocultas, foi o décimo primeiro filho de Jacó, nascido de Raquel, citado no Antigo Testamento, em Gênesis 37, considerado o fundador da tribo de José, constituída, por sua vez, da tribo de Efraim e da tribo de Manassés (seus filhos). Quando foi coroado como um homem de confiança do Faraó, foi-lhe concedida a mão de Azenate, filha de Potífera, sacerdote de Om. Você sabe de tudo isso, é claro."

Eu não sabia mais respondi, "é claro, é claro, é claro". Tinha é claro demais, mas quando fico nervoso faço esse tipo de coisa, fico desconectado, ou sem conexão, algo assim.

"Você sabe a origem do nome Samanta?"

Antes que eu respondesse que sim, mentindo, é claro, chega de "é claro", melhor dizer, evidentemente, mas, como eu disse, antes que eu dissesse sim ela continuou.

"O nome Samanta é aramaico, significa '*Aquela que escuta*', mas isso você sabe."

"Evidentemente", respondi.

"'Samanta é uma sedutora, mas, sobretudo, fiel e muito dedicada ao lar e à família, ao casamento e aos filhos, a quem coloca sempre em primeiro lugar. Precisa sentir afeto, gostando tanto de o dar como de o receber. Eficiente e trabalhadora, conquista facilmente a confiança daqueles com quem se relaciona. Valoriza o reconhecimento e celebra com prazer as suas conquistas pessoais. A generosidade, o equilíbrio e a harmonia estão no centro da sua personalidade e forma de estar e denota uma característica afetiva, rica, objetiva e com um forte sentido de estética. O seu caráter torna-a uma pessoa atraente e naturalmente sensual. Como tem uma criatividade inata e aprecia o belo, pode seguir carreira no mundo das artes. O nome reflete uma excelente capacidade de comunicação e uma personalidade equilibrada e harmoniosa. Versátil e pragmática, adapta-se facilmente à realidade e aos desafios e imprevistos com que se depara ao longo da vida. Emocionalmente equilibrada e centrada nas suas convicções, não se deixa dominar por conflitos internos. Muito autoconfiante, expressa opiniões e sentimentos de forma aberta e transparente e não gosta que lhe limitem os movimentos. Procura atingir o sucesso pessoal e profissional com muito afinco e dedicação.' Li isso na internet. Você tem internet, como todo mundo."

"Sim", respondi. Não podia repetir "é claro" e "evidentemente".

"Se eu casar com você e tiver filhos... você quer casar comigo? Não responda agora, espere um pouco. Uma criança de descendência aramaica, ou em parte aramaica, como serão nossos filhos, ama a vida familiar, tem um grande sentido de civismo, ainda que possa apresentar alguma tendência a ser superprotetora em casa e no trabalho. Nesses casos, é importante mostrar à criança como respeitar o espaço e a sensibilidade dos outros e aprender a controlar o seu lado mais controlador; o espírito de justiça pode levar a criança a se sentir *"injustiçada"* em vários contextos, na família, na escola ou em grupo. É importante que tente perceber se as queixas dos seus filhos são ou não fundamentadas e falar com eles sempre que algo aconteça. Se não o fizer, abre-se espaço para a desmotivação e para a perda de interesse, o que pode implicar atrasos no processo de aprendizagem e desenvolvimento da criança. Como grande apreciadora das rotinas que é, gosta de comer e de dormir a horas certas e pode ficar rabugenta se isso não acontecer. É assim que serão os nossos filhos. Mas, sem dúvida, você sabe de tudo isso."

"Sim", respondi. Sim é uma palavra boa, sim e não são palavras perfeitas, numa conversa a gente não precisa de muitas palavras, mas essas são essenciais.

"Você mora perto? Quer fazer o primeiro filho hoje?"

Fiquei calado. Dizer sim, dizer não? Não existem palavras perfeitas. Eu não sabia o que fazer.

"Você gosta de Noel Rosa?", perguntei.

"Quem?"

"Noel Rosa, o autor das frases mais perfeitas do cancioneiro brasileiro. Ele merecia o prêmio Nobel, que deram para um americano idiota."

"Noé Rosa, Noé Rosa... Não o da Arca de Noé... Noé Rosa..."

"Não é Noé Rosa, é Noel, Noel, Noel Rosa."

"Igual ao Papai Noel?"

Uma pessoa que não conhece o Noel Rosa merece morrer. Se eu tivesse uma arma, pistola ou faca, tinha dado um tiro na cabeça dela ou uma facada no seu coração. Mas sou um bom homem.

"Com licença, dona Tamanca, tenho um compromisso", eu disse me levantando e saindo do botequim.

Claro, evidentemente, sim, eu me arrependi de chamá-la de dona Tamanca, nunca fiz uma maldade dessas, de ofender uma mulher, mas quem não sabe quem é Noel Rosa não merece consideração. Com exceção do meu pai, é claro, evidentemente.

O MUNDO VAI MAL

Odeio Natal, Ano-Novo, essas celebrações idiotas; odeio feriado, em feriado eu quero trabalhar, não vou porque não tenho emprego, não trabalho. Mas já trabalhei... Não sei se conto...Vou contar: trabalhei matando gente, eu era assassino profissional. Nessa época do ano eu matava muito Papai Noel, na verdade, eu gostava de matar Papai Noel, matei muitos, muitos, mas já disse isso. Eu pedia "faz Ho-Ho-Ho" e o cara vestido de Papai Noel fazia; então, eu chumbava os cornos dele. Tiro de .45 tem que ser dado na cara, faz um buraco bonito, mas não pode ser bala ponta oca, essa faz um buraco feio no rosto do... do... como diria, do destinatário. Não sei se essa palavra é adequada, destinatário, tenho que comprar um dicionário, todo mundo tem dicionário, eu só tenho pistolas .45 com silenciador para atarraxar na ponta do cano. Mesmo assim o disparo faz barulho. Dicionário, dicionário, dicionário, fiquei repetindo essa palavra, mas logo esqueci. Tem gente que tem memória de elefante. Um cara que carimbei (não gosto de dizer "matei", nem mesmo "despachei") me explicou, gaguejando — eu tinha uma pistola apontada para a sua cabeça —, que os elefantes na história, quer dizer, no tempo, no frigir dos ovos... — não sei bem o que isso significa na verdade, eu costumo usar frases que ouvi, memorizei, mas não sei o significado, já disse que tenho que comprar um dicionário. Fiquei repetindo dicionário, dicionário, dicionário, acho que estou ficando maluco; eu estava falando do que mesmo? De um bicho, macaco, não, não gosto de macaco, gosto de gato, eu estava falando de gato, mas não sei o quê. Preciso chumbar alguém, preciso, é a única maneira de eu melhorar da cabeça.

Fucei os meus papéis antigos, embolorados, e achei o telefone do Despachante.

Liguei. Uma voz masculina atendeu.

"É o Despachante?", perguntei.

"O senhor deve ter ligado para o telefone errado", ele respondeu, desligando na minha cara.

Consultei novamente os papéis. Achei aquele número várias vezes.

Liguei novamente. Quando a mesma voz atendeu, comecei a falar rapidamente:

"Eu fiz muitos trabalhos para o dono desse número de telefone, não preciso dizer o tipo de trabalho, possuo as ferramentas, sou de confiança, não tenho ficha na polícia, estou precisando de trabalho. Sabe que tipo, não? Então, chame a pessoa encarregada de resolver esse problema."

Silêncio. Silêncio. Eu sabia que o telefone não fora desligado.

"Qual é o seu nome e o número do telefone?"
Dei as informações que ele pediu.
"Aguarde uma ligação", o sujeito disse e desligou.
O telefone tocou. Não era o sujeito, o tal Despachante. Era Ludmila, que na verdade não tinha esse nome. Dizem que o grande poeta Noel Rosa só andava com putas porque era feio. Eu sou bonito e ando com putas porque, como disse o filósofo, a puta você paga e manda embora, com uma mulher fixa, uma esposa, amante ou seja lá o que for, você não pode fazer isso.

"Querido, estou com saudades", disse Ludmila. O nome verdadeiro dela eu não sabia, toda puta inventa um nome, um que ela acha raro e bonito, não pode ser Maria, evidentemente.

"Eu também", respondi. Eram mentiras, a frase dela e a minha resposta. Toda puta mente e todo cliente mente. Aliás, o habito de mentir está enraizado no ser humano; disse o filósofo que mentir virou uma regra universal.

"Quando a gente vai se ver?", Ludmila perguntou.

"Eu lhe telefono, esta semana ficarei muito ocupado. Beijos", respondi e desliguei.

O telefone tocou novamente. Não era o… aquele cara. Era Grace. Evidentemente esse não era o nome verdadeiro dela.

"Meu benzinho, estou morrendo de saudades, quando…"

Cortei o papo. A crise econômica estava afetando até as putas. Este país vai mal, aliás, o mundo vai mal, está tudo uma merda.

"Grace, este mês não vai ser possível, eu lhe telefono."

O filho da puta demorou duas semanas para ligar.

"Estou enviando um envelope com nomes, fotos e endereços. Assim que você fizer o serviço nós pagamos. Você concorda com a quantia?"

"Concordo", respondi. Como não concordar? Eu nunca recebera tanto dinheiro para defenestrar um... um destinatário.

Dois dias depois recebi o envelope com as fotos, endereços, nomes.

Liguei para o Despachante ou seja lá que nome ele tivesse.

"Não vou fazer esse serviço", eu disse. "Me arranja outro."

"Eu ligo depois", respondeu o Des... o sujeito.

No envelope tinha o endereço e a foto de um homem.

Ele estava fantasiado de Papai Noel.

Cansei de matar Papai Noel.

O SER É BREVE

Ele estava deitado
aguardando.
Ele era como ele era,
apenas
mais cinzento e alheio às lágrimas
e aos suspiros e à sirene estridente
do carro da polícia.

Conclusas dores invejas frustrações.
Preocupações?
Nem mesmo com o
Imposto de Renda.

O ser é breve.

OROPA

Escrevi um romance. Qualquer um pode escrever um romance, arranjar uma editora interessada é mais difícil, mas eu paguei pela edição, não foi muito caro, o meu romance tem apenas 150 páginas e mandei imprimir somente 500 exemplares. O título do livro é *Viagens pelo mundo*.

Minha namorada, Jane (a pronúncia é "Jeine", diz ela), é uma mulata clara, que oxigena os cabelos e diz que é filha de americanos, tudo mentira, Jane, o nome, também é falso, é de uma família de São João de Meriti. Mas como eu dizia, minha namorada ficou toda orgulhosa. Na verdade, fiz o tal romance porque ela insistiu, queria ter um namorado escritor. A razão desse desejo devia ser porque ela é semianalfabeta.

Fazer um romance é fácil. Mas você precisa ter uma biblioteca, com livros antigos. É o meu caso. Peguei um livro do Fielding, ninguém sabe quem foi Fielding, o nome inteiro dele é Henry Fielding. Talvez exista um ou outro velho gagá que tenha lido *The History of Tom Jones*. Hoje ninguém lê livros, todo mundo tem coisas melhores e mais fáceis para fazer, ver televisão, andar de carro, cheirar cocaína, fumar maconha, tomar uísque, falar no celular, mandar mensagens no WhatsApp, foder — foder não, ninguém mais fode, quem quer ter filho faz inseminação artificial. Foder saiu de moda.

De qualquer maneira eu não ia escolher *The History of Tom Jones* do Fielding. Escolhi o desconhecido *Journal of a Voyage to Lisbon*. Duvido que alguém vivo tenha lido este livro.

Conheço Lisboa, sou filho de pai e mãe portugueses. (Isso explica eu gostar de mulata?) Claro que o meu livro não tem Lisboa no título. Ele se chama *Viagens pelo mundo*. Acho que já disse isso.

Plagiar um livro é fácil, principalmente um que ninguém conhece. São muitos, muitos, muitos os livros de sucesso que foram plagiados à socapa. Usei Lisboa, superficialmente, acrescentei umas coisas, sempre usando os truques do Fielding, falei de Paris, Roma, Buenos Aires e outras cidades que já visitei várias vezes. Esqueci de dizer que minha família era rica e me deixou muito dinheiro e propriedades.

Um dia recebi a visita de um sujeito de óculos que dizia ser diretor de uma das mais prestigiadas editoras do país. Resumindo: ele lera o meu livro *Viagem pelo mundo* e queria fazer uma edição de milhares de exemplares. Disse isso dando-me um cheque de adiantamento pela publicação.

As novas edições do meu livro venderam muitos milhares de exemplares, eu fiquei famoso.

Então a Jane disse que queria ter uma conversa séria comigo. Eu lhe disse que estava à sua disposição.

"Preciso contar duas coisas. Meu nome não é Jane." (Jeine, pronunciou ela.) "Meu nome é Janaína. Está zangado?"

"Claro que não, Janaína é um nome muito bonito."

"A outra coisa é que não quero mais ser sua namorada."

"Não?"

Confesso que isso me deu um certo alívio, eu já estava cansado de namorar aquela garota.

"Não?", repeti.

"Não, não, não e não! Eu quero casar com você. Ter filhos com você. Ir passear nas Oropas" (foi assim que ela falou, Oropas) "com você."

A Jane, Jeine, Janaína disse isso me abraçando com força e gritando no meu ouvido:

"Eu te amo, eu te amo!"

Tive um trabalho ciclópico para me livrar dela. Ofereci dinheiro, apartamento, carro, mas ela gritava:

"Eu quero você, eu quero você!"

Fiquei pensando uns segundos.

"Isso demora algum tempo, tenho que tirar certidões etc., mas fica tranquila, eu resolvo tudo."

Tenho os meus contatos. Liguei para o Tião.

"É uma mulher só?"

"Sim, uma só. Mora na minha casa."

"Moleza, patrão", ele disse. "Ela vai sumir. Igual uma braboleta."

Braboleta, oropas, como a nossa língua é mal falada por essa gente ignorante!

Jane, Jeine, Janaína sumiu mesmo.

O Tião fala mal, mas, no ofício dele, é perfeito.

OS ORIGINAIS E AS IMITAÇÕES

Sou uma mulher de... não, não vou dizer a minha idade, nós mulheres nunca fazemos isso, pintamos o cabelo, fazemos regime para não ficarmos gordas e barrigudas, frequentamos academias de ginástica... Eu vou numa *puxar ferros*, como se diz, exercícios com pesos para braços, pernas, barriga, glúteos — essa parte do nosso corpo é muito traiçoeira, tem uma tendência a amolecer, ela despenca literalmente. Você pode ter bunda grande ou bunda pequena, não importa, se não tiver cuidado a bunda desaba. Não existe cirurgia, prótese de silicone, ou seja lá o que for que segure a bunda, nem mesmo puxar ferro resolve na maioria das vezes.

Eu tinha uma galeria de arte, vendia cópias e originais de artistas famosos. Evidentemente a maioria das vendas era das cópias. Ricos, e também pobres, gostam de se exibir mentindo, escondendo, fingindo que o falso é verdadeiro. É o ser humano, um animal cheio de contradições, incoerências, discrepâncias, como eu, que também sou um ser humano.

Quando eu era criança disse ao meu pai (minha mãe havia morrido muito cedo, mal me lembro dela) que queria ter uma perna de pau.

"Perna de pau? Perna de pau?"

"Mas não quero ter olho de vidro."

"Olho de vidro? Olho de vidro?"

"Lembra que o senhor me cantou uma música que dizia: 'eu sou o pirata da perna de pau, do olho de vidro, da cara de mau?' Deve ser bom ter uma perna de pau."

"Senta aqui, minha filha", disse ele dando umas batidinhas no sofá ao seu lado.

Sentei.

"Minha filha, você não se lembra, mas sua tia-avó Marieta, também conhecida como Maricota, tinha uma perna de pau. Ela sofria de um tipo grave de diabetes, os remédios não adiantaram e ela teve de cortar a perna. Coitada, sofreu muito, a perna de pau não ajudou, enfim, acabou morrendo."

Naquela ocasião meu pai não me contou, aliás nunca, que a tia Marieta tinha se matado. Eu soube muito mais tarde.

Um dia eu disse ao meu pai que queria ter olhos azuis.

"Minha filha, quando você fizer trinta anos os seus olhos vão ficar azuis. Isso acontece com todas as mulheres da nossa família."

Quando fiz trinta anos (não vou dizer a data, nós mulheres, nunca dizemos a nossa idade), mas quando cheguei a essa idade ter olhos azuis não me interessava mais. Olhos azuis você compra em farmácias especializadas. Não quero ter pelancas, gorduras, bunda mole, essas coisas que atacam as pessoas com a idade.

Eu tinha um namorado chamado Pedro. Minha amiga Ivete dizia:

"Não sei como um homem bonito como o Pedro namora um bucho como você."

"Ivete, não sou bucho, não sou velha e feia…"

Parei de falar porque Ivete estava rindo e acabei rindo com ela.

Pedro era mesmo muito bonito. E elegante. Depois de dois ou três meses do namoro notei que ele estava agindo de maneira que me levava a fazer conjecturas, fundamentadas em indícios, que me deixavam perturbada. Ele mudara a marca de loção pós-barba que usava, pegava muitos quadros com pinturas originais e também as imitações, dizia que ia devolver, mas não devolvia. Quando dormíamos juntos, ele estava sempre muito fatigado.

Pensei, ele arranjou outra mulher, mais nova do que eu. Isso me encheu de ódio e tristeza.

Falei tudo para a minha amiga Ivete.

"Os homens são todos uns canalhas", disse Ivete. "Você tem razão, ele arranjou outra mulher. Ele está dando os quadros originais para ela. Não te come mais porque nenhum homem consegue comer duas mulheres, eles mal comem uma. Lembra-se do Godofredo?"

Ivete rememorou em detalhes a vida dela com o Godofredo, que a trocara por uma mulata de cabelo oxigenado.

"Mulata, uma mulata de cabelo oxigenado", ela gritou.

Estávamos num bar, desses que têm mesas do lado de fora. O grito de Ivete assustou alguns transeuntes, sendo que um deles, uma mulher, chegou a se afastar amedrontada.

O Pedro devia estar me traindo com alguma vagabunda ordinária para quem ele dava os quadros, e ela devia vendê-los para outros canalhas como ele. Todo mundo quer dinheiro, o mundo todo está corrompido.

Contratei um detetive particular indicado por Ivete. Não disse que o Pedro era meu namorado. Apenas dei o nome e o endereço dele.

Durante uma semana o detetive sumiu. Afinal apareceu com as informações.

"O senhor Pedro é homossexual, mora num apartamento com o seu parceiro, um leiloeiro de quadros e outros objetos artísticos. Estão muito apaixonados um pelo outro, até andam na rua de mãos dadas. Como diz o poeta 'o amor é muito bonito'."

O detetive particular parecia ser também homossexual. Li, não sei onde, que quarenta por cento da população mundial, incluindo mulheres e homens, evidentemente, é homossexual, desde tempos imemoriais. Muitos, nos tempos atuais, se revelam. Há até mesmo casamentos em cartórios de pessoas do mesmo sexo, mas muitos e muitos ainda estão escondidos, "dentro do armário", como se diz.

Paguei o detetive particular.

Passei a noite pensando no que eu deveria fazer. A noite inteira, sem dormir, mesmo tendo tomado um desses remédios que as farmácias só vendem com receita de médico.

Afinal, decidi o que devia fazer.

Fui à polícia e denunciei o Pedro.

Os policiais conseguiram um mandado de busca e apreensão e encontraram os quadros, só as imitações. Pedro não conseguira vender nenhum, mesmo inventando que os quadros eram originais.

Pedro e seu namorado Aurélio foram presos.

Uma coisa interessante:

Aurélio era um mulato claro, de cabelo oxigenado.

Eu não quis saber mais de arranjar namorado.

Na verdade, eu era aquilo que Ivete chama de bucho.

OS POBRES, OS RICOS, OS PRETOS E A BARRIGA

Já contei o dia em que o Bola Sete, ele tinha outro apelido, Gaguinho, ninguém tinha coragem de chamar ele de Gaguinho, o Bola Sete já tinha matado três sujeitos que o chamavam por esse nome, mas não se incomodava de ser chamado de Bola Sete, ele deixou para eu guardar em minha casa, casa não, barraco, uma arma comprida, e eu olhei pelo tubo que tinha em cima da arma do Bola Sete e consegui ver o que nunca tinha conseguido ver: os brancos gordos bebendo e comendo, e matei um gordo branco, odeio os gordos, eu sou magro porque passo fome, e fiquei feliz de ter matado o branco gordo, mas felicidade não enche a barriga de ninguém, então tive a ideia de ir na casa do Bola Sete, que ficava num desses morros em que os moradores têm laje e fazem uma tal de feijoada todo sábado, e bati na porta da casa do Bola Sete e uma mulher preta, talvez um pouco magra, disse sim?, e eu respondi o… o… o…, e ela disse o Bola Sete? a polícia matou ele, a polícia aqui só mata preto, pode dar no pé menino, eu fiquei parado e ela perguntou você gosta de feijoada?, eu não gosto de feijoada, acho que o moleque tem que comer feijoada cedo, na mamadeira, mas eu nunca tive mamadeira, nem peito de mãe, nem sei como é o gosto dessas coisas, e a mulher do Bola Sete disse você tem que comer alguma coisa neguinho, não sei que idade eu tenho, mas pareço mais novo do que sou, quem não come não cresce, e a mulher me pegou pelo braço, entrei na casa e ela me fez sentar numa mesa na laje da casa e botou um prato cheio de coisas na minha frente, senti vontade de vomitar, mas não vomitei, nem comi, fingi que comia, mas comi apenas umas coisas de farinha com carne moída dentro, e a mulher do Bola Sete disse aqui nós só vendemos erva, fumar erva não faz mal a ninguém, tem lugar lá fora em que erva é considerada uma coisa medicinal, sabe o que quer dizer isso, respondi que não sabia, ela disse que é uma coisa que faz bem pra saúde, igual cafiaspirina, meu nome é Joana, meu pai se chamava João e a minha mãe se chamava Ana, e o seu nome, qual é?, respondi José, mas para falar a verdade eu não sei qual o meu nome verdadeiro, disse José porque tem mais José no mundo que qualquer outro João, Pedro, Miguel, o sujeito tem que ter nome de santo, disse dona Joana, São José é um bom santo, tem no mundo inteiro, neguinho, você vai me ajudar a vender erva, mas pó a gente não vende, entendeu?, sim dona Joana, respondi. Passei a vender a erva da dona Joana, uns caras subiam no morro e compravam a erva e eu passei a comer melhor, acho que engordei meio quilo. Mas crescer eu não cresci, dona Joana disse que os ossos param de crescer, depois de algum tempo a única coisa que cresce é a barriga, ela tinha uma barriga enorme, mas a minha barriga não crescia, rezei para todos os santos, José, João, Pedro, Miguel, até para o tal de Papa para minha barriga crescer.

PAPAI NOEL

Ao contrário do que diz o poeta, eu não me contradigo, eu me repito. Posso ser muitos, mas sempre o mesmo. Isso pode ser discrepante, mas como diz outro escritor (como escrevinham esses sujeitos, caramba!) a gente é o quer ser e eu quero ser um só, e sou.

Essa é a razão pela qual resolvi matar um Papai Noel. Eu odeio o Natal, esse festival religioso cristão comemorado anualmente em 25 de dezembro, centro das festas de fim de ano e da temporada de férias, sendo, no cristianismo, o marco inicial do Ciclo do Natal, que dura doze dias. Originalmente destinada a celebrar o nascimento anual do Deus Sol no solstício de inverno (*natalis solis invicti*), a festividade foi ressignificada pela Igreja Católica no século III para estimular a conversão dos povos pagãos sob o domínio do

Império Romano e então passou a comemorar o nascimento de Jesus de Nazaré. Embora tradicionalmente seja um dia santificado pelos pamonhas cristãos, essa festa é amplamente comemorada por muitos não cristãos, sendo que alguns de seus costumes populares e temas comemorativos têm origens pré-cristãs ou seculares. Costumes populares modernos típicos do feriado incluem a troca de presentes e de cartões, a Ceia de Natal, músicas natalinas, festas de igreja, uma refeição especial e a exibição de decorações diferentes; incluindo as árvores de Natal, guirlandas, presépios etc. Além disso, o tal Papai Noel é uma figura mitológica popular em muitos países, associada aos presentes para crianças. Ou seja, essa tramoia toda foi inventada pelos comerciantes, esses canalhas que existem desde tempos imemoriais, acho que até mesmo quando o homem ainda era um macaco.

Voltando ao Papai Noel. Matei muitos. Isso é um segredo que não pode ser revelado para ninguém, mas como não tenho terapeuta e não confesso na igreja, pois não acredito em Cristo, nem em Buda, Moisés, Saci-Pererê, Deus, e também não acredito em macumba e orixás, iorubas essa trampa toda, ninguém vai saber por que matei tantos trapaceiros de chapéu vermelho e barba branca postiça.

Mas eu precisava, necessitava, carecia, era imprescindível, irrenunciável a minha ação matando um Papai Noel. Como eu faria isso? Disparando uma arma de fogo na cabeça dele? Cravando um punhal no peito dele? Enchacarndo de gasolina a barba e o chapéu vermelho e tacando fogo?

Como exercer, executar, efetuar, efetivar, empreender, cometer, desempenhar, consumar, formalizar, perpetrar, praticar essa ação? Eu devia seguir o sábio conselho *primum vivere deinde philosophari*.

Escondi uma faca, uma pistola com silenciador atarraxado e uma corda no bolso e saí procurando os lugares onde poderia encontrar um Papai Noel. Na hora oportuna, escolheria o *modus operandi*, como dizem esses babacas que sabem latim. Aliás tenho notado que eu também estou usando palavras em latim. Parece coisa do demônio, mas diabo não existe. Então o que é isso? Estou ficando maluco? Não, não, não, deve ser essa minha longa abstenção de não ter matado um Papai Noel, tenho que matar um por ano, do contrário vai acontecer uma coisa grave comigo, mais grave do que falar latim.

Lembro-me do último Papai Noel que matei. Eu toquei a campainha, o sujeito abriu a porta, ele estava a caráter, com roupas, barba, anel (existe anel de Papai Noel, pouca gente sabe disso), enfim, ele abriu a porta, sorriu para mim e disse "Bem-vindo". Eu disse, "Faz Ho-Ho-Ho". Ele fez. Dei um tiro na cara dele.

Na verdade, aquele Papai Noel eu matei para receber uma gratificação. Eu era profissional de... não quero falar mais disso.

No dia de Natal andei pelas ruas até que encontrei uma casa, com um lindo jardim na frente. Toquei a campainha. Uma menininha de uns dez anos abriu a porta. "O seu avô está?", perguntei. "Vovô", gritou ela, "vem aqui". A menina entrou deixando a porta aberta, mas logo o avô apareceu. Meu coração se encheu de felicidade, alegria, bem-aventurança. O avô estava vestido de Papai Noel.

Dei um tiro na cabeça dele. Adeus latim, tristezas, frustrações, malogros, fracassos. Eu realizara a fundamental obrigação daquele ano.

PENSO E FALO

A história que eu vou contar retrata um aspecto, na verdade um dos vários aspectos, da condição, ou melhor, da mente do ser humano, o *Homo sapiens*, nome dado à nossa espécie, de acordo com a classificação taxonômica. O personagem principal chama-se Eduardo. Vamos vê-lo num dia especial, na verdade, o primeiro dia de uma fase especial da sua vida.

Eduardo acordou, sentou-se na cama.

Espero que hoje não chova, pensou.

"Espero que hoje não chova", disse em voz alta.

Está acontecendo uma coisa muito estranha comigo, pensou.

"Está acontecendo uma coisa muito estranha comigo", falou em voz alta.

Eu penso uma coisa e falo, pensou.

"Eu penso uma coisa e falo", disse em voz alta.

Eduardo ficou perturbado.

Estou sonhando?, pensou.

"Estou sonhando? ", falou em voz alta.

Não, não, estou acordado, pensou.

"Não, não, estou acordado", falou em voz alta.

Penso e falo, digo em voz alta, pensou.

"Penso e falo, digo em voz alta", falou.

Muito estranho, pensou.

"Muito estranho", disse em voz alta.

Fiquei maluco?, pensou.

"Fiquei maluco?", disse em voz alta.

Eduardo trabalhava como gerente em uma loja de calçados.

Espero que isso só esteja acontecendo aqui em casa, pensou.

"Espero que isso só esteja acontecendo aqui em casa", falou em voz alta.

Eduardo tomou banho, vestiu-se e saiu para ir trabalhar. Ele costumava tomar o metrô para ir até o seu emprego. Foi pela rua pensando e falando em voz alta o que pensava. Dentro do metrô olhavam para aquele indivíduo careca que falava sem parar. As pessoas se afastavam dele.

Estão supondo que estou maluco, pensou.

"Estão supondo que estou maluco", falou em voz alta.

Os outros passageiros se apertaram uns contra os outros e Eduardo ficou numa área isolada no meio do vagão.

A loja em que Eduardo trabalhava ficava perto da estação do metrô, no centro da cidade. Ele foi andando até lá. Ela já estava aberta, o subgerente, Antônio, sempre chegava mais cedo e abria a loja.

"Bom dia, seu Eduardo", disse o subgerente.

"Bom dia, Antônio", respondeu Eduardo.

Porra, esse cara está ficando cada vez mais gordo, também vive comendo porcarias no Bob's, pensou Eduardo.

"Porra, esse cara está ficando cada vez mais gordo, também vive comendo porcarias no Bob's", falou Eduardo em voz alta.

O subgerente olhou surpreso para Eduardo, mas nesse momento entrou um cliente na loja. Um homem magro, idoso.

"Eu queria um sapato de couro, não muito caro."

Atualmente só entram na loja velhos fodidos como este querendo comprar sapatos de couro baratos, esses putos deviam usar sandálias, pensou Eduardo.

"Atualmente só entram na loja velhos fodidos como este querendo comprar sapatos de couro baratos, esses putos deviam usar sandálias", disse Eduardo em voz alta.

O cliente olhou para Eduardo e saiu resmungando da loja.

Um pouco mais tarde, o mesmo cliente voltou à loja, acompanhado de um outro homem, mais jovem. O sujeito exibiu uma carteira para Eduardo.

"Sou da polícia, como o senhor pode constatar pela minha carteira. Esse senhor, que é meu parente, disse que foi destratado aqui na sua loja."

Esse merda pensa que eu tenho medo da polícia, um bosta de terno velho, tenho vontade de chutar os colhões dele, pensou Eduardo.

"Esse merda pensa que eu tenho medo da polícia, um bosta de terno velho, tenho vontade de chutar os colhões dele", disse Eduardo em voz alta.

O policial olhou para Eduardo, surpreendido e irritado.

Tenho vontade de pegar essa carteira de policial e enfiá-la no cu dele, pensou Eduardo.

"Tenho vontade de pegar essa carteira de policial e enfiá-la no cu dele", disse Eduardo em voz alta.

O policial sacou uma arma do bolso e apontou o cano para Eduardo.

"O senhor está preso", disse o policial. "Vou chamar uma viatura para conduzi-lo."

Não vou preso porra nenhuma, pensou Eduardo.

"Não vou preso porra nenhuma", disse Eduardo em voz alta.

Resumindo esta história. Na delegacia para onde foi conduzido, Eduardo continuou com o seu comportamento exótico, ou esquisito, excêntrico, extravagante, não sei que nome usar. Levaram-no para um hospício onde ele tomou remédios e aplicaram-lhe eletrochoques.

Mas ele continua o mesmo.

"Ele continua o mesmo."

Que merda, eu também estou me repetindo?

"Que merda, eu também estou me repetindo?"

TECIDO

Sou casado com uma mulher linda há uns três anos. Moramos uma casa pequena, mas muito confortável, num bairro nobre da cidade. Tenho um automóvel, mas troco de modelo todo ano. Sou dono de uma loja no centro da cidade que vende tecidos, todo tipo de tecido, alpaca, esse tecido sintético parecido com a lã, macio e com pouca absorção, usado em roupas para esportes e também em ternos, paletós; *bouclé*, tecido em lã pura ou mista, de fios enrolados, de superfície irregular e áspera, usado em roupas femininas e malharia; *chamois*, couro amarelo macio... Não existe letra do alfabeto que não determine um gênero de tecido e tenho todos na minha loja. Aliás, *chamois* é uma espécie de antílope existente nas montanhas caucasianas, contei isso para minha mulher, mas ela não se interessou.

Minha mulher, Laura, não quer ter filhos. Também não quer ter empregada.

"Você não almoça em casa, eu praticamente não como durante o dia, você sabe, comida engorda e eu não quero ser como essas obesas que vemos aos montes pela rua, a nossa casa é fácil de arrumar, vamos gastar dinheiro com empregada? João, você é um perdulário."

Numa época surgiu uma moda de uso da alpaca e o produto esgotou na loja. Então lembrei-me que as alpacas eram comuns no Peru, onde eu tinha vários amigos, em Lima e Cusco. Enviei um e-mail para Brassombrio falando das alpacas e ele respondeu dizendo que eu devia voltar a Lima, onde tínhamos vários amigos em comum.

Eu havia estado em Lima várias vezes e gostava muito da cidade e do seu povo. Lima é a capital e a maior cidade do Peru, com uma população de quase 10 milhões de pessoas, a terceira maior cidade da América Latina (atrás apenas de São Paulo e Cidade do México). Evidentemente, quando visitei o Peru pela primeira vez, fui a Machu Picchu (em quíchua Machu Pikchu, "velha montanha"), também chamada "cidade perdida dos Incas", uma cidade pré-colombiana bem conservada, localizada no topo de uma montanha, a 2.400 metros de altitude, no vale do rio Urubamba, atual Peru. Foi construída no século XV, sob as ordens de Pachacuti. O local é, provavelmente, o símbolo mais típico do Império Inca, seja em função de sua original localização e suas características geológicas, seja por sua descoberta tardia em 1911. Apenas cerca de 30% da cidade é de construção original, o restante foi reconstruído. As áreas reconstruídas são facilmente reconhecidas, pelo encaixe entre as pedras. A construção original é formada por pedras maiores, e com encaixes com pouco espaço entre as rochas. Consta de duas grandes áreas: a agrícola, formada principalmente por terraços e recintos de armazenagem de alimentos; e a urbana, na qual se destaca a zona sagrada com templos, praças e mausoléus reais. A disposição dos prédios, a excelência do trabalho e o grande número de terraços para agricultura são impressionantes, e atestam a grande capacidade daquela sociedade. No meio das montanhas, os templos, casas e cemitérios estão distribuídos de maneira organizada, abrindo ruas e aproveitando o espaço com escadarias. Segundo a história inca, tudo foi planejado para a passagem do deus Sol.

Como Machu Picchu fica em um local muito alto, tem gente que leva bomba de oxigênio. Felizmente altura não me afeta. Tenho certeza de que posso subir o Everest, cujo pico está a 8.848 metros acima do nível do mar, sem sentir nenhum tipo de vertigem.

A falta de alpacas, as boas lembranças que tinha do Peru e o e-mail de Brassombrio me estimularam a rever Lima, apenas Lima, e talvez Cusco; Machu Picchu não, aquele lugar é para ser visto apenas uma vez.

Laura me estimulou a ir, dizendo que eu precisava das alpacas, que eu adoraria rever Lima e que poderia matar as saudades do meu amigo Brassombrio.

Fui para Lima. A viagem foi uma maravilha. Adoro Lima, as ruas, a comida, as pessoas, tudo. Passava os dias com Brassombrio, e ele me ajudou a comprar as alpacas, que despachei por via aérea.

Quando voltei, Laura estava na mesma, sempre cansada. Toda noite quando nos deitávamos ela dizia "ai meu Deus, estou tão cansada" e dormia imediatamente. Ou seja, raramente, muito raramente, tínhamos relações sexuais.

No dia do aniversário de Laura resolvi lhe fazer uma surpresa. Comprei-lhe um anel de brilhantes. Saí mais cedo da loja e fui para casa. Para surpreender alguém você tem que aparecer de maneira inesperada.

Entrei na ponta dos pés e, à medida que me aproximava do nosso quarto, pude distinguir o som de gemidos e suspiros. Olhei de soslaio para dentro do cômodo e vi Laura nua com um homem, também despido, sobre ela.

Voltei para a rua, silenciosamente, e fiquei vigiando a porta da minha casa. O indivíduo saiu, e eu tive uma surpresa: era o meu amigo Gilberto.

Voltei para a loja. Existe uma lorota que diz existirem três tipos de corno, ou guampudo, como se diz no Sul: o corno manso, que sabe que é corneado mas não se incomoda; o corno burro, que não sabe que está sendo enganado; e o corno bravo, que mata a mulher, ou expulsa ela de casa etc.

Mas há um outro tipo de corno, mais raro, o corno vingativo e inteligente, que sabe que a vingança é um prato que se come frio.

Enquanto planejava a minha desforra, eu continuava agindo como sempre, passava as tardes na loja e aceitava as desculpas de Laura quando nos deitávamos para dormir.

Meu plano: eu sabia que Gilberto tinha uma pistola, que ele sempre carregava consigo. Medo de ser assaltado. Esse tipo de pessoa, que tem medo de ser assaltada, é mais comum do que se pensa. É uma forma de paranoia. Mandei um empregado da minha loja ir a uma livraria, havia uma nas redondezas, para comprar um livro sobre paranoia. Li no livro: a paranoia é a sempre presente sensação de suspeita de que outras pessoas não podem ser confiávcis. Tais sentimentos não são baseados em fatos ou na realidade; insegurança e baixa autoestima muitas vezes exageram essas emoções. Normalmente, a paranoia não é vista em crianças, mas, na maioria dos casos, começa a se desenvolver no final da adolescência e no início da idade adulta. A maioria das pessoas experimentam sentimentos de paranoia geralmente em resposta a uma situação de risco ou em conexão com os sentimentos de insegurança com base nas circunstâncias reais. Esses sentimentos estão relacionados à ansiedade que as pessoas sentem durante a vida.

Eu também seria paranoico? Creio que todo mundo é paranoico, uns mais, outros menos. A questão é que o fato de Gilberto ser paranoico, ou seja, usar uma pistola, poderia ser usado por mim. Quando ia para a cama com Laura, ele devia deixar a pistola junto com a roupa. Isso me ajudaria a realizar o meu plano.

Numa tarde de sexta-feira, tranquei-me no escritório da loja e disse ao meu gerente que não queria ser incomodado nas próximas horas, se alguém me procurasse ele dissesse que eu não estava.

O escritório da loja, que ficava no andar térreo, tinha uma janela que dava para a rua. Saí pela janela, deixando na sua base um pedaço grosso de *chamois* que impedia que ela travasse.

Peguei um táxi a fui para casa. Entrei silenciosamente. A roupa do Gilberto estava na poltrona da sala. Calcei um par de luvas e peguei a pistola dele.

Gilberto e Laura estavam tão empolgados em seu coito que não teriam percebido a minha entrada mesmo que eu fizesse barulho. Dei um tiro na têmpora de Gilberto e outro na testa de Laura. Depois coloquei a pistola na mão de

Gilberto, que provavelmente já estava morto, e apertando o dedo dele dei outro tiro em Laura.

Deixei os dois na cama, mortos, Gilberto com a mão na pistola.

Andei vários quarteirões e voltei para loja. Entrei pela janela.

Chamei o meu gerente, o Eduardo.

"Pegue a maior quantidade de amostras de tecidos que conseguir; sei que isso vai ficar pesado, por isso quero que me ajude a levar para minha casa quando a loja fechar."

Eduardo pegou as inúmeras amostras. Entramos no meu carro e fomos para a minha casa.

Lá chegando, pedi:

"Eduardo, veja se a minha mulher está no quarto."

"Sim, senhor", ele disse.

Segundos depois, ouvi Eduardo dar um grito.

O AUTOR

Contista, romancista, ensaísta, roteirista e "cineasta frustrado", Rubem Fonseca precisou publicar apenas dois ou três livros para ser consagrado como um dos mais originais prosadores brasileiros contemporâneos. Com suas narrativas velozes e sofisticadamente cosmopolitas, cheias de violência, erotismo, irreverência e construídas em estilo contido, elíptico, cinematográfico, reinventou entre nós uma literatura *noir* ao mesmo tempo clássica e pop, brutalista e sutil — a forma perfeita para quem escreve sobre "pessoas empilhadas na cidade enquanto os tecnocratas afiam o arame farpado".

Carioca desde os oito anos, Rubem Fonseca nasceu em Juiz de Fora, em 11 de maio de 1925. Leitor precoce porém atípico, não descobriu a literatura (ou apenas o prazer de ler) no *Sítio do Pica-pau Amarelo*, como é ou era de praxe entre nós, mas devorando autores de romances de aventura e policiais de variada categoria: de Rafael Sabatini a Edgar Allan Poe, passando por Emilio Salgari, Michel Zévaco, Ponson du Terrail, Karl May, Julio Verne e Edgar Wallace. Era ainda adolescente quando se aproximou dos primeiros clássicos (Homero, Virgílio, Dante, Shakespeare, Cervantes) e dos primeiros modernos (Dostoiévski, Maupassant, Proust). Nunca deixou de ser um leitor voraz e ecumênico, sobretudo da literatura americana, sua mais visível influência.

Por pouco não fez de tudo na vida. Foi office boy, escriturário, nadador, revisor de jornal, comissário de polícia — até que se formou em direito, virou professor da Escola Brasileira de Administração Pública e de Empresas da Fundação Getulio Vargas e, por fim, executivo da Light do Rio de Janeiro. Sua estreia como escritor foi no início dos anos 1960, quando as revistas *O Cruzeiro* e *Senhor* publicaram dois contos de sua autoria.

Em 1963, a primeira coletânea de contos, *Os prisioneiros*, foi imediatamente reconhecida pela crítica como a obra mais criativa da literatura brasileira em muitos anos; seguida, dois anos depois, de outra, *A coleira do cão*, a prova definitiva de que a ficção urbana encontrara seu mais audacioso e incisivo cronista. Com a terceira coletânea, *Lúcia McCartney*, tornou-se um best-seller e ganhou o maior prêmio para narrativas curtas do país.

Já era considerado o maior contista brasileiro quando, em 1973, publicou seu primeiro romance, *O caso Morel*, um dos mais vendidos daquele ano, depois traduzido para o francês e acolhido com entusiasmo pela crítica europeia. Sua carreira internacional estava apenas começando. Em

2003, ganhou o prêmio Juan Rulfo e o prêmio Camões, o mais importante da língua portuguesa. Com várias de suas histórias adaptadas para o cinema, o teatro e a televisão, Rubem Fonseca já publicou 17 coletâneas de contos, uma antologia e 12 outros livros, entre romances e novelas. Em 2013, lançou *Amálgama*, vencedor do Jabuti de contos e crônicas. Em 2015, ficou entre os finalistas na mesma categoria com seu *Histórias curtas* e, em 2017, lançou *Calibre 22*. *Carne crua* é seu novo livro de contos que chega agora ao público, em 2018.

DIREÇÃO EDITORIAL
Daniele Cajueiro

EDITORA RESPONSÁVEL
Janaína Senna

PRODUÇÃO EDITORIAL
Adriana Torres
André Marinho

REVISÃO
Ana Grillo

DIAGRAMAÇÃO
Filigrana

Este livro foi impresso em 2018 para a
Nova Fronteira.